# 懺・百物語

我妻俊樹
伊計翼
小田イ輔
神薫
黒木あるじ
黒史郎
橘百花
つくね乱蔵
明神ちさと
平山夢明
著



竹書房文庫

# 目次

# 第一話　自主整形

つくね乱蔵

その夜、小野さんは姑《しゅうとめ》の死に顔を複雑な気持ちで見ていたという。

生前は、苦虫を百匹まとめて噛み潰したような顔で嫌味を言い、鬼が逃げ出すような形相で罵《ののし》ったくせに、この死に顔は何だ。

穏やかそのもので、まるで仏のサンプル品のような顔ではないか。

どうにも我慢できなくなった小野さんは、一計を案じた。

葬儀社が来るまで、まだ時間はある。

こっそりその場を離れ、姑の部屋に向かう。

片っ端からアルバムを広げ、一番みっともない顔の写真を探した。

苦労の甲斐があり、何とも間抜けな顔が見つかった。

やって来た葬儀社に、遺影用の写真として手渡した時には、笑いをこらえるのに必死だったという。

本当にこれでいいのですかと念を押されたが、ありのままの姿を見て欲しいからと突っぱねた。

出来上がった遺影は、期待通りであった。　小野さんも会心の笑みを浮かべていた。
誰もが吹き出すような写真である。
暗くなるはずの葬式が笑顔で満たされている。
穏やかな空気の中、葬儀が滞りなく進んでいく。
それが一変したのは出棺の時である。
先《ま》ずは棺を開けた葬祭業者が仰《の》け反《ぞ》った。
何事かと近づいた者が次々に顔を背ける。
悲鳴をあげる者すら現れた。
小野さんも悲鳴をあげた一人である。
あれほど穏やかだった死に顔が般若《はんにゃ》そのものになっていたのだ。
今更、手を加えることもできず、遺体はそのまま荼毘《だび》に付された。
それから数日をかけ、小野さんの顔面はゆっくりと弛《ゆる》んでいった。
何をどう施《ほどこ》そうと顔面の崩壊は止まらず、今は三十八歳にして老婆の形相である。

第二話

# 坊主の骸《むくろ》

我妻俊樹

春日さんのお祖父《じい》さんが子供の頃、地元のやくざが年末の真昼に人込みで刃傷沙汰を起こした。その巻き添えを食らったのか、あるいは揉め事に本人も噛んでいたのか定かでないが、まだ若い坊さんが腹を刺されて血を流し石畳に倒れた。

病院に運ばれるあいだ坊さんは「死にたくない、死にたくない」と青い顔でうわごとのようにつぶやき続けた。坊主のくせに何だ、もっと泰然《たいぜん》とできないのかと呆れられたが、傷が思いのほか深くて本当にまもなく死んでしまったそうだ。

家族が駆けつけると、坊さんはすでに霊安室に移されていた。

その遺骸をひと目見て、坊さんの年老いた父親は「これは息子ではありません」と断言した。それくらい人相が変わり果てていて、鬼に憑かれたような凄い顔つきだったという。

通夜の晩には何度も遺骸から大きなため息が聞こえ、すわ息を吹き返したかとあわててたしかめるとやっぱり死んでいる、ということがくりかえされた。

明け方に寺の玄関に大勢人が集まっているような音が聞こえたので、何事かと見にいくと誰もいない、ということもあったという。たしかに戸を開けてざわざわと履き物を揃えるような気配に、泊りの親族が何人も気づいたのである。

ありがたい経をいくら聞かせてもいっこうに仏は穏やかな顔つきにならず、悪鬼のような面相のままで、被《かぶ》せられた白布には黒い墨汁のような染みまで浮いてきた。だからみな悲しいというよりも、ひどく憂鬱な落ち着かない気持ちでこの若者のとむらいに臨《のぞ》んでいた。

焼いた骨を家族が拾う頃にようやくおかしなことも起こらなくなり、落ち着いて粛々《しゅくしゅく》とした普通の葬儀になったという。

坊さんを刺したやくざはのちに出所して、お祖父さんも一度病院の待合室でその男を見たことがあるが、気がふれてまともに話ができる状態ではなかったそうである。

# 第三話　喪細工《モザイク》

明神ちさと

今から五年ほど前、栗木さんは北米大陸を横断する旅に出た。そら恐ろしいまでの広さをもった荒野を走る、荒れた道路沿いの街々は、どこも砂塵《さじん》に煙り、乾ききっていた。

「広大な自然を愛《め》でつつも、やっぱり頭の片隅では銃社会や人種差別のことを忘れちゃならんのよ。そういったピリピリした感覚は西部劇の世界そのまんまでさ――」

干からびたガスステーションでも鄙《ひな》びた土産物屋《みやげものや》でも、そうした緊張はついて回る。マイノリティーである東洋人を見る冷ややかな視線は、都市部よりむしろ辺境《へんきょう》で露骨になる。

「たとえ相手が煤《すす》けたジジイでも、カウンターの下じゃ水平二連《サイドバイサイド》のショットガンを構えているかも知れないんだから。嫌でも相手の顔色をうかがっちまうクセがつく」

そんな栗木さんの危機管理アンテナが反応したのは、給油のために立ち寄った薄汚れた店に入った時だった。

「ガス代を払ってる時に、傍らの壁に干してあるトウモロコシが目に入ったんだけど、粒《つぶ》が白いんだ。薄暗い店の中で眩《まぶ》しいくらいにさ」

栗木さんが凝視していると「何かね？」と初老の主人が訊ねた。

「いや、こんな白いトウモロコシなんて初めて見るから……」

栗木さんがそう答えると、主人は「ふん」と鼻を鳴らした。

「その時、サッと何かの影が視界を過《よ》ぎって、ぶら下げられていたそれが急に落ちたんだ」

床に叩きつけられたモロコシから粒々が飛び散る。妙に澄んだ乾いた音がした。転がる粒を目で追った栗木さんはつとめてさりげなく、しかし素早く店を出て車に飛び乗る。煤けた店がルームミラーの中に小さくなっていくのを見て、ようやく詰めていた息を吐いた。

「どんな呪《まじな》いか知らんが、あの粒、引き抜かれた歯だったよ」

二本の根が残る健康な歯がたくさんあったという。ひょっとしたら動物のものかも知れないとのことだが、それが飛び散る時のチャラリという乾いた響きと視界を過ぎった影は、今も彼の記憶にこびり付いて消えないのだとか。

「思い出すたびにゾッとする。あんな砂漠の中の一軒家で襲われたって、誰も気付いちゃくれないだろうからな。今でもそう変わらないだろ、あの国はさ」

抜かれた歯を植え付けた白いトウモロコシは、どんな意図をもって店先に晒《さら》されていたのか？　視界に入った黒い影が何だったのか？　その答えは遙《はる》か砂塵の彼方だ。

## 第四話　読み終わる

伊計　翼

京都に住んでいる主婦のY代さんから聞いた話である。

深夜、眠っていると二階からの声で目を覚ます。

大学生になる息子の部屋から聞こえたものであった。彼が友人たちを呼んで朝まで語り明かすのはよくあることであり、またかとY代さんは眉《まゆ》をひそめて再び眠った。

翌日の昼、目を覚まして二階からおりてきた息子に小言をいうと、顔が青ざめた。

昨夜は友人などひとりも呼んでおらず、ただ静かに読書をしていたとのこと。

わたしはうえからの声を聞いた、うそをつくなとY代さんがいう。

昨夜、息子は布団に寝転がり、怪談奇談がいくつも書き記された本に夢中になっていた。ひとつ、またひとつと短い話を読み終えていく。読み終わるまであとわずかのころ、しずかに、しかし確かに、部屋のドアをノックする音がした。

ひと声、返事をして立ちあがり、ドアを開けるが誰もおらず、気のせいと思う。

布団に戻って続きを読んでいると妙な感覚があり、何度も何度も足元に目をやる。誰もいないが誰かがいるように思える。ひとはいないがひとがいるように感じる。気分が妙に落ちつかない。こんな本を読んでいるから臆病になっているのだと自嘲した。

いよいよ最後の話だと息を呑んで読んでいると、部屋のすみに気配が現れたのがわかった。息子は勢いよく躰《からだ》をおこして気配の方向をみる。

しろい肌のおんなが正座をしていた。

驚いて声もでない息子の前で、おんなは彼の顔をじっと見据え――大声で笑いだした。その様子があまりにも恐ろしくて恐怖のため躰が動かず、立って逃げだすことも叶わず、手にしていた本をおんなに投げつけたが、げらげらげらという笑い声は止むことはない。頭から布団にはいりこみ耳をふさいで震え、いつの間にか眠ってしまい朝になっていた。

窓からはいってくる朝日をみて、本当に怖かった、恐ろしい夢をみたものだ、もう大丈夫だと息子は安堵する。壁のそばに落ちていた本をみつけるまでは。

息子の話を聞いて「気味の悪い夢をみただけだ」といいかけたが口を閉じた。

Y代さんが深夜に聞いたのは、確かにおんなの笑い声だったのである。

## 第五話　撮影禁止

神　薫

女子高生の瞳さんは日頃、カメラで写真を撮られないように用心している。

「私を撮ると、カメラのレンズが百パーセント曇っちゃうんです」

父親が生まれたばかりの赤ん坊だった瞳さんを撮影した時には、既にそうだった。彼女に向けてシャッターを切ると、いつも顔の周りに霧がかかったようになり、ぼんやりした写真が撮れる。気候条件に関係なく常にそうだという。

写真が煙るのみならず、レンズの内側にびっしりと水滴がつくので、彼女を撮ったカメラはしばらく使い物にならなくなるのだとか。

「シャッターを切ると必ず曇るんですから、はた迷惑ですよね。親もそれがわかっていて」

運動会など学校行事でたくさん写真を撮られそうな日には、どこも調子が悪くないのに仮病を使って学校を休まされた。それは、級友から娘が奇異の目で見られないようにという親心でもあった。

それじゃ受験票やパスポート、運転免許の時に困るでしょう？

そう質問したところ、実は写真を撮る秘訣があるのだという。

小学校の卒業アルバムを見せてもらうと、確かに彼女の写真が、途中で転校した児童のように別枠で載っている。

クラス全員が並んだ写真の上、丸く切り取られて寂しげに微笑《ほほえ》む瞳さんの画像は、インスタント写真なのである。

「プリクラとか、スピード証明写真ならフツーに撮れるんですよ」


瞳さんは、以前〈見える〉人から助言されたことがある。

「あなたの後ろの人は写真がとても嫌いなのね。でも、対人でなければ大丈夫」

一眼レフや携帯、ビデオカメラなど機材を問わず、他人が彼女にカメラを向けると曇ってしまう。だが、彼女自身が機械を操作して撮るのなら、問題なく撮影できるのだという。

「私の後ろにいるのはかなり昔の人なので、カメラの概念が小型の撮影機器で止まっているんですって。プリクラみたいな機械だったら、カメラと認識されないみたいです」

機械からプリントアウトされた写真は、それとわからぬよう、さっと手で覆って鞄にしまっているそうだ。

「携帯電話はダメでしたけど、パソコンのウェブカメラなら自撮りもできるんですよ」

後ろの人がこのまま無知でいてくれますように……と、瞳さんは願っている。

## 第六話　性癖

橘　百花

坂巻は女性の脚に弱い。そんな彼が、田舎に帰省した際に好みの脚を見つけた。

実家は余りにも退屈だった。そこで目的もなく外に出かけることにした。

住宅地を抜けると、田圃《たんぼ》が広がる。小学校の通学路だった道を、懐かしさから歩いた。

途中から舗装されていない道を進み、その先にある単線の線路も越えた。

そこから右に曲がってすぐのところに小さな公園がある。

公民館のような無人の小さな建物と、その隣に数体の地蔵。全体の敷地は狭く、二台のブランコがある。これも昔と変わらない。


そのブランコの片方に、若い女性が一人乗っていた。

白い上着に、白いスカート。そこから伸びた細い脚。彼女はなぜか靴を履いていなかった。まだ肌寒い季節。妙だとは思った。何か事情があるのかもしれない。

「あの……こんにちは」

相手が女性ということもあり、迷ったが声をかけてみた。

この辺りでは知らない人にも挨拶をする。そういった人付き合いがまだ残っているのだ。

女性は終始無言だった。

いきなり声をかけられ気を悪くしたのか、彼女はブランコを降りた。

そのまま勢いよく走り出す。公園を出て、線路とは逆方向に広がる田圃の方へ向かった。

とにかく早い。田圃の中を、一直線に進んでいく。

途中、躓き転がったかと思うと、そのまま四つん這いの姿勢で駆け出す。まるで動物のようだ。その先、進行方向には小さな墓がいくつか並んで建っている。

その手前で、女性はフッと姿を消した。


それ以来、坂巻は何かに取り憑かれたように思い出しては繰り返す。

「――あの細い脚。それと黒い毛。あれが堪らない」

会う友人達にその話をしては、首を傾げられた。

あの日見た女性は膝から下に、濃く長い毛がしっかりと生えていた。

（そんな女性がいるのか。坂巻の見たものはなんだ）

「お前も見ればわかる」と坂巻は嗤《わら》う。度々、唇を舐める癖が出る。

それが嫌らしく不気味だった。

第七話

# 新しい公民館

小田イ輔

Lさんが住んでいる地区の公民館は非常に古い。

「昭和の中ごろに建てられたのをずっと使っているから、壁にはヒビが入っているし、全体的に煤《すす》けたようになっているしでオンボロよね」

まだ子供だった頃には、催し物やお祭りの際に出入りした。何もない日でも敷地内でよく遊んだものだと語る。

「大人になってからは一年に一度通りかかるかどうかってぐらいだったんだ」

或る休日。昼食後に何気なく散歩に出たLさんは、足の向くままに方々を歩き回っていた。

「特に目的があるわけじゃなくて、暇つぶし」

普段は車で移動する道をあっちへ行ったりこっちへ行ったりしているうちに、公民館の近所に来ていることに気付いた。

「急に懐かしくなって、様子を見てみようかなって」

着いてみると、見知った建物は既になく、真新しいコンクリートの建物がそこにあった。

「ああ、そういえば町の広報誌に建て替えの案内が書いてあったなと思った」

新しい公民館はまだ引っ越しの作業が済んでいないようで、ガランとした室内には机も椅子もなく、窓にはビニールのカバーが張り付いている。

日差しに照らされて、新築特有の匂いを放つその周りをぐるり回った後で、慣れ親しんだ建物へお別れできなかったことを悔やんだ。

「色々と思い出もあったしね、悲しいような寂しいような、感傷的な気分だった」

それから数か月後、公民館でヨガ教室が開かれるという情報を訊き、参加申し込みに向かった。

「ヨガに興味があったんだ。それより何より新しい公民館の中に入ってみたかったし」

心を躍らせつつ車を進ませると、公民館が見えてきた。

「あれ？　古い公民館じゃんって」

目に入ってきたのは昔から慣れ親しんだオンボロ公民館。

「建て替えたハズじゃなかったの？　何なの？　と思うよね当然」

釈然としないまま駐車場に車を駐め、見知った窓口でヨガ教室の手続きを済ませた。

受付係りの人に「ここ建て替えてましたよね?」と訊くと「建て替えはまだ先だよ、予定はあるけどいつになることやら」と返され、閉口したそうだ。

「じゃあ、あの日、私が見た新しい公民館はなんだったんだろって。町の広報誌にも建て替えたからこれからは利用の幅が広がるとかなんとか書いてあったんだよ?」

Lさんは何度も首をひねりながら言った。

ヨガ教室へ行くため、公民館への出入りは増えたという。

# 第八話
# 歯形

黒木あるじ

Fさんは、一年ほど前に実の母親を亡くしている。

彼の母は凛《りん》とした人であったが、七十を過ぎたあたりから痴ほうの症状が出はじめ、やがて徘徊や意味の通じない言動を繰り返すようになった。

特にFさんを悩ませたのが、食事である。朝夕を問わず、母親は食べ終えた先から空腹を主張しては、泣きながら食事をねだった。Fさんが何度「いま食べたじゃない」と諭《さと》しても聞き入れない。しまいには勝手に冷蔵庫を漁《あさ》って、イチゴやハムなど目についた食料をその場で齧《かじ》るようになった。

「でも、どう見たって老人が消化できる量じゃないんですよ。だから、吐いたり漏らしたり」

台所に散乱した食べ滓《かす》。いたるところに巻き散らかされた吐瀉物《としゃぶつ》。軟便にまみれた布団。

母ひとり子ひとりの地獄は二年にも及んだという。

「もうこのままでは殺すしかない」

そんな考えばかりが頭を巡るようになった、ある朝。

母はあっさりと逝った。

悲しみよりも安堵感が強かった、とFさんは当時を振り返る。ようやく母を思うと涙が零《こぼ》れるようになったのは、四十九日をだいぶ過ぎてからだったそうだ。

そして。

その頃から、冷蔵庫に入れておいた食料へ歯形がつくようになった。

齧られているのは、いずれも彼の母が好きだったハムやイチゴだという。

「オフクロなのか、それとも……私が自分でも知らぬ間に齧っているのか。確かめようと思えば、なにかしら手段はあるんでしょうけどね」

もう疲れたので、どちらでも良いんです。

ちいさな声で呟いてから、Fさんは項垂《うなだ》れて話を終えた。

いまも彼は、独りきりで母を亡くした家に住んでいる。

# 第九話　詰め襟

我妻俊樹

畑さんは学生時代に東北地方を旅行した折、ある町の踏切で列車の通過を待っていたという。単線の線路のむこうには、少し下りになって道が続いている。その先の田んぼのほうを何気なく見ていると、詰め襟《えり》を着た中学生くらいの男の子がふっと道に飛び出してきた。坊主頭で、両手に蜜柑《みかん》を入れるネットのようなものをぶら下げている。でも中身は蜜柑ではなくてもっとごつい、たぶん何匹かの魚が入っているようで、ネットはかなりいびつに膨《ふく》らんでいた。

そこへ電車が来て畑さんの視界をふさいだ。短い編成なのですぐに通り過ぎ、ふたたび視界が開けると向こう側には誰もいない。

道は一本道だったので、引き返す以外ないはずだけれどずっと離れたところに軽トラックが一台停まっているだけで、男の子の姿はなかった。身を隠すような場所も見あたらないからおかしいなと思いながら線路を渡って歩いていくと、やがて軽トラックのところまで来たので横を歩くとき畑さんは無意識に中を覗き込んだ。

すると運転席と助手席にそれぞれ詰め襟の学生服が、まるで人が座っているような形に上下そろえて置かれていたという。

きちんとアイロンを当ててポーズも付けられ、まるでそういう展示物のようだった。

遅い昼食に入った中華食堂で、テーブルが隣り合った行商のお婆さんと雑談していたとき、話の流れから畑さんはさっき体験したばかりのこのことを話して聞かせた。

すると朗《ほが》らかだったお婆さんの表情がみるみる曇り、最後にはさえぎるようにはげしく首を振ると、低い声でこうつぶやいた。

「東京の人があんまり好き勝手なこと話すと、嫌われてしまうよ」

それきりお婆さんは黙ってしまい、以後は何を話しかけても返事をしてくれなかった。

強い訛《なま》りがあって会話中何度も聞き返すくらいだったのに、最後の言葉だけはきれいな標準語だったという。

# 第十話　遠い火焔《かえん》

明神ちさと

鶴田さんが幼い頃住んでいた家は、山の麓《ふもと》にあった。

「山と言っても数時間で登って帰って来られるようなものでしたけどね」

こぢんまりした山ゆえ、家の窓からはその全体が見渡せた。

「夜、窓から眺《なが》めると、おぼろげな山の形に、そこだけ闇が深いんです。その闇の中に一人放り出される空想は、どんな怪談話よりも僕をゾクッとさせました」

それでも夢見がちな子供だった鶴田さんは、ついつい夜の山を眺めてしまう。山全体がグニャグニャとした途方もない数の妖怪の塊《かたまり》だと想像して身を震わせる。

「恐ろしい反面、崇《あが》めたいような気持ちになってくる。誰に教わらずとも〈畏敬《いけい》〉というものを体感していたんですね」

ある冬の夜、彼が飽きもせず夜の山を眺めていると、中腹に一筋の炎が燃え上がるのを目にした。

「誰だってまず山火事だと思うでしょう。だけどそれは動いていました」

――今どき松明《たいまつ》を持って山を登る人がいるだろうか？　と彼は首を捻《ひね》った。

「それはメラメラと燃え上がってうねっていましたが、どう考えても松明レベルの大きさじゃないんです」

例えるなら杉の巨木ほどもある炎の大蛇が、身をくねらせて天に昇ろうとしているかのようだったらしい。

「今思えば吉兆とも凶兆とも取れるんだけど、当時は見てはいけないものを見た気がしてものすごく嫌な気持ちになりました」

炎が、まるで苦しみのたうっているように見えたせいもあるという。

人身御供《ひとみごくう》を求める蛇神をトーテムとした原始宗教がその山に存在していたという事実を鶴田さんが知ったのは、それから何十年も経ってからのことである。

「山の周辺から出土した土器には鱗《うろこ》状の文様があり、道祖神《どうそしん》にも蛇の頭を持つものが見つかっているんですよ。今じゃあの山も開発が進んでるみたいだけど、今後何も起こらなければいいんですけどね」

鶴田さんはそう呟《つぶや》く。彼の瞳に幼少期と何ら変わらない畏《おそ》れが見える気がした。日本各地の丘陵《きゅうりょう》地《ち》で地滑りや土砂崩れなどの痛ましい災害が起きるたび、彼は黒々とした山肌と、のたうつ炎の大蛇を思い出すのだという。

# 第十一話〈ひとくち怪談〉悔い

平山夢明

自宅のあるマンションに戻ると入り口の手前で猫が倒れていた。車かバイクに引っかけられたらしいが、既に腸《はらわた》が覗き、手の施しようがない。仕方なく見捨てて部屋に戻ると妻が三歳になる娘が先程から頻《しき》りに魘《うな》されているという。声を掛けても目を覚ます気配はなく、ただただ唸っている。幸い熱もないので、朝まで様子を見ようと就寝する。

夜中に子どもが寝ている辺りで〈……無念だ〉という声を聞いた気がした。

朝になると娘の頬に大きく獣の爪痕のようなものが残っていた。

病院に連れて行くと〈痣の一種〉だと診断された。

十五年経つが、変色の度を増しつつ、痣はまだある。

## 第十二話　心からの笑顔

つくね乱蔵

伊藤さんはホテルの宴会場の音響担当として勤務している。

政治家のパーティーや結婚式などが主な相手だ。三つある全ての会場の音響をアルバイトの学生と二人で切り盛りする。モニターを見ながらの操作であり、片時も目が離せない。

新婦のお色直しの間は比較的余裕が生まれる。その時を利用して、伊藤さんは会場を直に見に行った。ここ最近、スピーカーから雑音がでると言われたからである。

症状が出たり出なかったりで、未だに原因が特定できていない。

天井部に設置されたスピーカーに耳を向けて点検していると、妙な人物に気付いた。

宴会場の屋根裏には部屋と部屋を繋ぐ通路があり、点検用の小さな窓が開いている。

そこから誰かが覗いていたのだ。遠目でも分かるぐらいの美女だったという。

通路は会場設営の業者が利用する場合もあり、その類だろうと判断し、伊藤さんは作業を続けた。五分後、窓に目を走らせたが、女性は既にいなくなっていた。

何となく気になった伊藤さんは、宴会場の主任に訊いてみた。

「ああ、あれね。伊藤さん、宴会の最中は音響部屋の中だから知らないのも当然か。あれ、ヤバいから見ない方がいいですよ」

主任は辺りを見回し、声を潜めて続けた。

「この世のものではないようです。ずぅっと昔からこのホテルにいるらしい」

冗談好きな主任が言いだしそうな事だと笑ったのだが、相手は至って真面目な顔だ。

見るなと言われると、余計に見たくなるのは人の常である。

結局、スピーカーは全部取り替えることで決着がついたのだが、その後も伊藤さんは時折、窓を確認に出た。

その結果、一つ分かったことがある。女性が出るのは結婚式の時だけだ。

殆どの場合、何の感情も見えない表情で淡々と見下ろしているのだが、二度ほど笑っていたことがある。

ただ、残念ながら伊藤さんはその笑顔をゆっくり鑑賞している暇が無かった。

いずれの場合も会場が混乱していたからである。

一度目に見た時は、新郎の浮気相手が突然殴り込んできた。

二度目は、新婦の親族が意識混濁で倒れてしまった。

会場が揉《も》めに揉めているのを女性は嬉しそうに見下ろしていた。

華やかというか、艶《つや》やかというか、とにかく心底嬉しそうな笑顔だったという。

# 第十三話　声変わり

黒　史郎

「小六の時に今の実家へ引っ越してきたんですけど、その頃からいい噂を聞きませんでしたね」

渡辺さんの実家周辺は、どこを見ても必ず視界に入るほど野良猫が多い。それゆえ、庭に糞をされたとか、勝手に窓から入ってきたといった被害も頻繁に起きていた。猫が多い地域ではどこでも見られる光景だが《野良猫に餌をあげないでください》と書かれた訴えがいたるところにあり、町内会の掲示板や公園の入口には《餌をあげているところを見つけたら猫を引き取ってもらいます》といった警告まで貼られていた。

渡辺さんの家族は全員、猫が好きではなかった。

「アレルギーなんです。可愛いとも思わないんで最悪でしたよ」

ある冬の朝、玄関の前で茶虎の仔猫が死んでいた。外傷はなく、口から吐いた吐瀉物《としゃぶつ》が敷石に黒い染みとなっていた。

長男という理由で、死体の片づけは渡辺さんがやらされることになった。

「直接触れるのは嫌なんで、割り箸で転がしながら広げたビニール袋に入れました」

死体の入った袋は学校へ行く途中、ゴミ集積所に放り投げたという。

それから数日後、また別の仔猫が玄関前で死んでいた。

前の猫同様に外傷はなく、口からなにかを吐いている。

そのさらに数週間後、また茶虎の仔猫が同じ場所、同じ状態で見つかった。

「親は嫌がらせじゃないかっていってました」

この地域では引っ越してくる以前から、道路や民家の庭先で同じような死体が見つかることがあり、猫被害に遭っている住人が毒でも食わせているんだろうと噂されていた。

餌より毒を与えるなと貼り紙でもしようかと家族会議をしていたある晩、弟が塾から帰ってくるなり「玄関で死んどる」と叫んだ。

真っ白い仔猫が死んでいた。

渡辺さんはウンザリしながら、いつもと同じように処理をした。

同日の夜、部屋で漫画を読んでいるとミィ、ミィと聞こえてきた。

仔猫の声だ。

まさか、また玄関で死ぬ気か。追い払おうと玄関に出たが、声は別の場所から聞こえる。

鳴き声を辿っていくと、自分の部屋に戻ってきてしまった。声は窓のそばで聞こえている。

「どっかいけよ!」

カーテン越しに窓をドンと殴った。

仔猫の声は、複数の赤ん坊が笑うような声に変わった。

部屋を飛び出した渡辺さんは、両親の寝ている寝室へ飛び込んだ。

深夜一時頃の出来事だという。

# 第十四話　G

黒　史郎

同じく渡辺さんの、高校生の頃の体験である。

深夜、髪を脱色《ブリーチ》していた。

「色気づいていると思われるのが嫌だったんで、家族が寝ているのを見計らって」

洗面所でラップを頭に巻いて漫画を読みながら色が抜けるのを待っていると、誰かが起きてきたような気配があった。見ると廊下の扉に嵌《は》めこまれた擦《す》り硝子《ガラス》が明るい。廊下から居間の照明がついているようだった。

扉の傍をうろうろしているようで、ちらちらと明かりが遮られる。

親だったら嫌味のひとつふたつはいわれそうだ。来るな来るなと息を潜めていると、扉がゆっくり開いた。

家族ではなかった。黒い皮手袋を丸めたようなへちゃむくれた顔が、洗面所の黄色い照明を受けて眩《まぶ》しそうに歪んだ。

ゴリラだった。

目の光沢や毛の感じからも、少なくともハンズなどに売っているような被《かぶ》り物ではない。

渡辺さんは「えぇぇぇ」と素《す》っ頓狂《とんきょう》な声をあげていた。

顔はすぐに引っ込んだが、半開きの扉の傍には、まだいるような気配がある。

怖くて身動きが取れぬまま二、三十分ほど経過した。恐る恐る足の爪先で扉を押し開けたが、ゴリラの姿はすでになく、廊下も居間も真っ暗だった。

「おかげで予定以上に色が抜けてしまって」

これまでに家で奇妙な音や声を聞いたことは数知れないそうだが、はっきりと視たのはこの時だけであるという。

# 第十五話　インターホン

伊計　翼

都内在住のU島さんという男性の体験である。

ある夜、ベッドに寝転がってテレビをみているとインターホンが鳴った。

時計をみると午前一時を過ぎていたが、友人がよく酒を呑みにきていたのもあって、なにも考えずに施錠を解き「はい」と玄関のドアを開けた。

外には誰もいない。顔をだして通路を確認したが、ひとの気配はない。

首を捻《ひね》りながらドアを閉めて施錠した瞬間、ふたたびインターホンが鳴った。

すぐに覗き穴から確認すると中学生くらいだろうか、学生服の少年が立っている。

また返事をしてドアを開けると、そこには誰もいない。

このようなことが深夜にあれば普通は怖がるが、彼は逃げ足のはやいイタズラと思った。

部屋には戻らず、施錠を解いたままノブを握りしめ、インターホンが鳴るのをその場でしゃがみこんで待っていた。

（次は鳴った瞬間、ドアを開けてやる）

気を抜かぬよう待っていたが、インターホンは鳴らなかった。

それでも諦めずにいると、ドアポストの差込口のフタが開いていることに気付いた。

大きく見開かれた目がU島さんをみている。

「あッ！」

驚いて声をあげると、ぱたんッと音をたてフタは閉じた。

確認してみたが、やはり外には誰もいなかったという話だ。

# 第十六話

# 緑のおじさん

神　薫

　とある六月のこと、葵さんは勤務先の幼稚園で園児たちに父親の絵を描かせていた。

　園の近所に開店したばかりのスーパーが、〈店内に園児の絵を飾らせてほしい〉と依頼してきたのだという。

　素朴で可愛らしい絵が仕上がっていく中で、風変りな絵を描く女児が一人いた。他の子らは肌の色にペールオレンジを使っているのに、その女児はどういうわけか、灰緑のクレヨンで塗っている。

「園児はお互いの絵を見せっこするんで、自由に描いているようでいて絵のタッチや色使いがみんなそっくりになっていくんだけど、××ちゃんの絵だけは、独特だった」

　基本的に、個性を伸ばすべき場面で先生からの押し付けはしない。しかし、この時はスーパーに提出することもあって、葵さんは見栄えが良くなるようにとアドバイスした。

「あれぇー。お顔、すごいねえ。もっと元気な色にしてみる？」

　改めてクレヨンを選ばせると、女児は迷わず灰緑を手にとった。

「それにするの、パパのお顔にはどうかなあ？」

もう一度促したところ、女児は自らの左手斜め上のあたりを、じぃっと見つめた。数秒後、コクンと頷いた女児は、またも灰緑色のクレヨンを選んだ。

「先生は、こっちの方が合うと思うけどなー」

ペールオレンジを指差してみても、女児は意外と強情だった。

「パパはそこ！　××、見て塗ってるの！」

女児は得意げに左手斜め上を指差すけれども、そこには誰もいない。ぐりぐりと肌を灰緑色で塗りたくられたお父さんは、爬虫類《はちゅうるい》系のモンスターそっくりになってしまった。

葵さんが当惑していると、絵を描き終えた子らが集まって来て、女児の絵を覗き込んだ。

「みどりのひと、××のパパなんだ」「シュ●ックおじさんだ」「いつもいっしょだね」

子供たちは、口々にわけのわからないことを言う。その時ちょうどベルが鳴り、葵さんは釈然としないままお絵かきの時間を終了した。

以前、葵さんは園の行事の際に女児の父親を見たことがあった。明るい茶髪をしたヤンキー風の人物だが、日焼けはさほどでもなく、肌の色はごく一般的な日本人男性のそれだった。なのに、何故女児は父親の顔を灰緑に塗るのだろう。

心理的問題が絵に反映しているのかとも考えたが、女児の身体《からだ》に虐待の様子は見られなかった。

そんな変わった絵はスーパーにも教室にも飾れない。葵さんは悩んだあげく、女児を迎えに来た母親にその絵を渡すことにした。

迎えに来た母親はその絵を見るなり、画用紙をびりびり引き裂いてしまった。

「××こんなもの描くんじゃないよ、いい加減にしな‼」

女児は絵にまだ未練があるようだったが、母親に引きずられるようにして連れられていった。

さっきまで子供の絵だった紙切れを葵さんが拾っていると、ある母親が話しかけてきた。

「××ちゃん、もしかして前のお父さんを描いちゃったの？」

どういうことかと尋ねると、事情通らしき母親は葵さんの耳元でこう囁いた。

「先生、知らない？　あの子の本当のお父さん、自殺したの。妻の浮気を苦にしてだって。その時の浮気相手が、そのまま今のお父さんってわけ。よくやるよね」

女児の前の父親の死に方は、硫化水素自殺という噂である。

第十七話

# 菜摘のウサギ

橘　百花

小久保君の知り合いに、菜摘という女性がいた。二十歳になったばかり。彼女の出身は日本海側の田舎町。そこから関西の中心地に出てきた。

小久保君は当時、夜の仕事をしており同じ店で菜摘はアルバイトをしていた。彼女には爪を齧《かじ》る癖があり、指先の皮も一緒に齧って食べてしまう。そのせいで少し変形した指先が気持ち悪いと同僚達から避けられていた。

半年ほど働いた後、彼女は体調不良を理由に店を去った。

その後も二人は時々会って、食事をした。

菜摘はアイス一個を食べても胃が痛いというくせに、菓子ばかり食べる。今にも倒れそうな細い身体《からだ》。友人もいない。放っておくことが出来なかった。

彼女は仕事を辞めてから、親からの仕送りを受け取っていた。そのまま昼と夜が逆転した生活を送るようになり、年齢は二十代半ばになった。

「祖母の容体が、あまり良くないの」

菜摘は一旦、アパートを引き払い実家へと戻った。その際、彼女は小久保君に妙なものを預けた。

古いウサギのぬいぐるみだ。

「この子、もうお爺ちゃんだから、実家までの長距離移動はきついと思うの」

今回、連れて帰ることは出来ない。だから預かってくれというのだ。

彼女はこのウサギを生き物のように扱っていた。小久保君はそれを黙って預かった。


来年にはまたこの街に戻る。菜摘はそう話していたが、結局戻っては来なかった。

今頃どこでどうしているのだろうか。

気になり始めた頃、久しぶりに彼女から連絡が入った。

どうやら祖母が亡くなってから、関西には戻らず関東へ出たらしい。目的は不明。今も定職についていなかった。

「友達が、もう飼えないって言うからね。犬を引き取ったの」

菜摘の友人が、無責任に放り出そうとした犬を飼うことにした。だからウサギは引き取れないと謝罪された。

彼女はどちらも飼うことは厳しいと酷《ひど》く嘆いていたが、状況はすぐに変わった。

後日改めて電話があり、あの犬が死んだからすぐにウサギを迎えに行きたいと申し出があったのだ。

「あのウサギは弟がくれたの。だから特別なのよ」

菜摘には年の離れた弟が一人いる。彼女はその弟も死んだから、ウサギをまた手元に置かなければならないと訴えてきた。

祖母が死んで、犬が死んで、弟も死んだ。

何処《どこ》まで本当かわからないが、こんなおかしな女とかかわるべきではない。

あのウサギを渡して、終わりにしなければと慌てて探したが手元から消えていた。

菜摘から何度か催促の連絡があったが、その都度適当にはぐらかし逃げる。

最後に「ウサギは死んだ。もう埋めた」と嘘を伝えると、連絡も途絶えた。


これが良くなかったのかもしれない。

小久保君は最近になり夜中、目が覚める回数が増えた。

時折妙なものが部屋を横切る。小さく低い影。それと人の気配。覚えのある香り。

気づいていない振りをすることで逃げ切れる気がする。

彼女に繋がるものはもうここにはない。だからきっともうすぐ終わると信じている。

# 第十八話　影が踊る

小田イ輔

「友達と待ち合わせをしていたんです。私の方が早く着いたのでベンチに座ってボーっとしていました」

木々や草花が静かにそよぐ午前九時。

公園のベンチに腰掛けていたYさんの目の前には、少女の像が立っていた。

「その像の影が動いていたんですよ、くるくるって」

こんな気の利いた彫刻表現があるかしら、どうなっているのかは分からないけど〝像〟そのものではなく〝影の動き〟を表現するアートなんだろうな。

Yさんはそう考え、その〝芸術的な表現〟にしばらく見惚れていたという。

少女像の影は、伸びたり縮んだりして形を変えながら、一人ダンスを踊るかのように機敏に動き、時々手招きをするような動作をしてみせた。

「私を誘っているみたいな可愛らしい動きだったので、思わず立ち上がって近寄ったんです」

こんなに晴れた日に、こんなに気持ちのいい風が吹いていて、朝一番から素敵なダンスまで見ることができて……。今日は良い日になりそうだな。そんなことを思いながら近づくと。

「影が、走ってどこかに行ってしまいました。ホントです」

影は、スカートをヒラヒラと靡《なび》かせながら、そのままどこかに走り去って戻って来なかった。

「ハア？　ってなるじゃないですか？　え？　じゃあこの〝少女像〟の影はどうなっているのって思って」

像の周囲を回ってみるが、どこにもその影が無い。

「太陽の加減？　それともあれは影じゃ無かったの？　え？　芸術表現にしては凄すぎない？　なんなのコレって」

人気《ひとけ》の無い朝の公園で、Yさんは頭を悩ませた。

「どうなってるんだろう？　分からないな、何かものすごい技術なんだろうなと」

自分が持っている精一杯の知識をフル稼働して、今見た光景を説明しようとするも何が何なのかさっぱり分からない。

妙な不安と好奇心、廻る思考に状況が答えた。

「周辺の木とか草とか、たぶんそういうものの〝影〟が徐々に少女像の下に集まってきてそのまま〝少女像の影〟になったんですよ」

　じっとその様子を観察していたYさんは思ったそうだ。

「〝影が無くなった事〟というイレギュラーに対して、自然はこういう風に辻褄《つじつま》を合わせるんだなって。いかにも〝誤魔化《ごまか》した〟っていう感じがしてちょっとガッカリだなと」

　影はもう動かなかった。

「何だったのか、今でもよくわかりません。その後、同じ公園で何度もその像を見ていますが影が動いていたのはその日だけです。すごく可愛かったんですよね、あの影の女の子の動きが……」

　芸術表現じゃなくて、不思議な出来事の類だったんじゃないかな。

　Yさんはそう言うと、恥ずかしそうに顔を伏せた。

# 第十九話　鳥肌

黒木あるじ

関西出身のJ子さんは、本人いわく「奇妙な体質」なのだという。

「前触れもなく、腕にサブイボが出るんですよ。あ、東京だと鳥肌って言うんでしたっけ。はじめに気がついたんは、一人暮らしをはじめた頃やから……もう十年くらい前かなあ」

季節も気温も日時も場所も関係なく鳥肌は立った。真夏の海水浴場でにわかに寒くなったこともあれば、友達と喫茶店でお喋りしている最中、震えに襲われた経験もある。

「最初は風邪かなと思ってたんですけど、体調は悪くないんです。そのうち〝もしかしたら、これって〝霊感〟ってヤツちゃうんか、人が死んだ場所や因縁のある土地を、無意識に察知しているのんちゃうんか〟なんて思うようになりました」

しかし、そんな仮説を立ててみたところで立証できるわけでもない。幸いにも鳥肌は毎回一分ほどでおさまり、その後の生活には支障がなかった。そのため、彼女はこの奇妙な体質をあまり苦にしていなかったのだそうだ。

「気にしたところでどうもならんし。〝まあ、ええか〟って思ってました。ところがね」

ある時期を境に、鳥肌はぱったり出なくなった。

「別に、はっきりその日を憶えてるわけじゃないんです。ふと〝あれ、そういえば最近出てへんな〟って気がついたんです」

体質が変わったのかもしれないとひそかに喜んでいた、ある日の早朝。

彼女はインターホンの音で目を覚ました。慌ててカーディガンを羽織《はお》ってドアを開けると、制服を着た警察官とスーツ姿の男が立っている。

「ケーサツでした」

スーツ姿の男は刑事である旨を告げ、驚くJ子さんに向かって一枚の写真を見せたのだという。

写真にうつっていたのは、覇気《はき》のない見知らぬ男だった。

「実はね……この男性、お宅の隣に住んでいたんですが、先週脅迫罪で逮捕されましてね。まあ、いわゆるストーカーだったんですが……部屋を調べたところ、こんなものが」

続けて刑事が取り出した数枚の写真には、J子さんの姿が写っていた。海水浴場の砂浜に寝転んでいる全身、喫茶店で談笑している横顔……。駅前を歩く通勤時らしきショットや、実家近くで撮影されたとおぼしき浴衣姿の写真もあった。

絶句する彼女をちらりと見て、刑事が言った。

「犯人の男性なんですが、今回逮捕するきっかけになった方以外にも、複数の女性につきまとっていたみたいでね。調べたところ、そのなかでも本命はあなただったようでね。ヤツの部屋には、ここ十年あまりの間に撮られた、あなたの写真がありました」

刑事いわく、男はJ子さんの引っ越しに合わせて自分も転居を繰り返していたらしい。

「それで、妙な行動をおこされたことはなかったか、お伺いしたかったんですよ。電話とか、メール、もしくは郵便物が紛失したり、おかしな視線を感じたり」

視線。

その言葉を聞くなり、彼女の腕に鳥肌が立った。

「すぐに引っ越しましたよ。いや、ケーサツには言いませんでした。だって、信じてなんかくれないでしょ……十年の間、男がそっと私を見ていることに、本能は気づいてたなんて」

幸いなことにその日以来、鳥肌はまだ立っていないそうだ。

# 第二十話　県民性

黒　史郎

公美さんは去年の冬、友人の誘いでカラオケコンパに参加した。
男四：女三で向かい合い、普通に自己紹介をしてもつまらないだろうと出身地当てクイズをやることになった。
「酒好き議論好きで親族が集まるとプチ宴会になるとか、よさこいに全身全霊をかけるとか、そういうヒントを順番に出していって何県出身かを当てるんです」
ちなみに公美さんは高知県民である。
《親が死ぬと家のそばに変な形の花が咲く》
《死体を火葬場へ運ぶ車は二台。一台は空っぽでどっちが空かは家族も知らされない》
《鰓《えら》の下にホクロみたいな黒い模様が付いている魚を独身者が釣って調理すると親しい人の首が落ちる》
そんな気味の悪いヒントをあげるマイモトという男がいた。
「それ迷信じゃん。ケンミンショーみたいな感じの県民性？　そういうのをヒントに出してくれないとわからないよ」

公美さんの友人のツッコミにマイモトは困った顔を見せ、じゃあ、と自分の財布の中からレシートを取り出して「食べられます」とガムみたいにくちゃくちゃと噛みはじめた。これで終わればよかったが、彼は千円札を取り出し、それをくちゃくちゃ。うまい、うまいと頷いている。

「女子たちはみんな引いちゃって、もう県当てはよくない？　って重い空気になって。男たちはコイツのギャグだからって必死にフォローしてたんだけど、なんか女子全員、もういいよねってなったんです。遠い子がいて終電なくなるからって理由で終電二時間前にボックスを出ちゃいました」


そんなこともすっかり忘れていた数週間後の朝。

枕元に丸められた紙があるのに気づいた。

粘つく液体で濡れており、酸っぱい臭いからそれが唾液だとわかる。破れて穴があき、インクが滲《にじ》んでいたが、公美さんが勤めている会社が昼に注文している仕出し弁当のレシートであるとわかった。社員全員分の注文が印字されている長いレシートで、どうして自分の家にそれがあるのかもわからない。

「完全に口に入れて噛んでるみたいなんです。え？　はい、多分、わたしが噛んだんです。だって――」

それ以来、紙をガムのように噛む癖がついてしまったのだそうだ。

電話中にくちゃくちゃ、ドラマを観ながらくちゃくちゃ。最近は、美味しいとさえ感じるそうだ。ちなみに厚紙のような堅い方が好みであるという。

「そんな癖が急につくって変でしょ。あの人になにかをされたと思うんです」

ちょっと気味が悪い話でしょ、と公美さんは笑った。

マイモトの出身県は、今もわからないそうだ。

## 第二十一話〈ひとくち怪談〉寒気

平山夢明

夏休み、虫取りから帰った息子が捕虫網を放り出したまま部屋の隅にいる。どうしたのだと声を掛けると両手を擦り、息を掛けながら〈うすら寒いのです〉と生返事をする。

その子も三日後に死んだ。

看病すると見せかけ病者の財産を掠めていた先祖の呪いだと親戚の長に教えられた。

# 第二十二話　お揃《そろ》いの人形

つくね乱蔵

中学生時代、小西さんは同級生を虐《いじ》めていた。

虐めの対象は杉本陽子、かつては同じ小学校の出身である。

詳細は覚えていないが、とにかく生理的に気に入らない存在だった。

学校や家でつまらない出来事があった時には、特に念入りに虐めた。

そうすることで気持ちが晴れ、快感すら覚えたという。

陽子は、小さな人形を大切に持ち歩いていた。

母の形見だというその人形は、端布《はぎれ》で作られたお手製のものであった。

最も楽しかったのが、その人形を燃やしてしまった時だ。

陽子は泣きながら校内を探し回り、けれど見つからず、にやにやと笑う小西さんに掴みかかってきた。

半狂乱の勢いに怯《ひる》みながらも、小西さんは最後まで知らぬ存ぜぬを貫き通した。

その時点では、相手が飛び降り自殺するなど思ってもいなかったそうだ。

たかが人形のことじゃないのと仲間うちで笑い飛ばし、中学を卒業する頃には既に名前すら忘れていたという。

先週末、小西さんは二十年ぶりに思い出した。

切っ掛けは、自分の娘である。

家庭科の時間に作ったといって鞄から取り出した人形に見覚えがあった。

あの日、燃やしたはずの人形である。

同じ柄の端布を使い、寸分違わぬ外見だった。

そんなもの捨ててしまえ、もっと素敵な人形を買ってあげると言い聞かせたのだが、娘は聞こうとしない。

その態度が腹に据えかねた小西さんは、娘が寝ている間にその人形を燃やしてしまったという。

人形が同じだったのは、外見だけでは無かった。

翌日、小西さんの娘は飛び降り自殺した。

# 第二十三話　死んでも家族

我妻俊樹

倉部さんは十代の頃は両親と仲が悪くて何度も家出をしたり、夜遊びに耽《ふけ》ってめったに家に帰らない日々を送っていた。

だが父親が肺癌で死んでからは母親との関係が持ち直し、あまり喧嘩もせず親子二人でアパートに暮らしていたという。

彼が専門学校を卒業してサラリーマンになった年に母親がこんな夢を見た。

母親の実家近くの山の上に、かなり古くて手入れのされていない祠《ほこら》がある。そこは土地の所有関係が複雑で結果的に見捨てられてしまった祠らしいが、夢の中で彼女は祠に蝋燭《ろうそく》を灯して餅を供え、「お父さんが帰ってきますように」と祈っていた。

この「お父さん」とは父親ではなく自分の夫のことである。

すると蝋燭の火が大きくなって顔にかかるようにひろがり、まるで焚き火を間近に覗いているようだった。その熱さで目が覚めたのだという。

じつはその晩、倉部さんも夢を見ていた。

ゴミ処理場のようなところを自転車で通り抜けようとしていて、道なりに走っていると急に行く手にゴミの壁が立ちはだかって進めなくなってしまった。

困っているとそのゴミ山の中から死んだ父親が、まるで滝でも通り抜けるみたいにすーっと無言で現れたという。

父親は手に火のついた大きな蝋燭を持っていた。そして倉部さんを追い立てるようにその火を向けてきて、逃げてもなお追いかけて笑いながら蝋燭を振り回していた。しまいには笑いすぎて口から泡を噴き、両目が眼窩《がんか》から飛び出してぶらぶら揺れていたが、それでも蝋燭を振り回すことをやめない。倉部さんは必死で逃げた。

いやな汗をかいて目を覚ますと、枕カバーに何箇所か焦げたような痕が残っていた。倉部さんは煙草を吸わないし、眠る前にはこんな焦げ痕はなかったはずである。

火で追い回されたことは伏せて、倉部さんは父親が夢に出てきたということだけを簡潔に母親に話した。

母親は「どうして私の方には出てきてくれないのよ」と愚痴《ぐち》をこぼしていたそうだ。

# 第二十四話　樹海警備

明神ちさと

「その日も予感めいたものがあったんですよ。たぶん出遭っちゃうな、みたいな」

辻さんには自殺を思いとどまった過去がある。誰かに説得されたわけではない。ビルの七階から飛び降りたのだが、奇跡的に捻挫《ねんざ》程度のケガで着地したのだという。

「何で助かったのか未だにわからないんですよ。落ちている途中で何かにぶつかったような気がするんですけど、周囲にはクッションになりそうなものなんて何も無かったんです。真っ直ぐ地面に叩きつけられたはずなのに……」

その経験からか、彼はボランティアとして樹海パトロールを始めた。死に場所を探してさまよう者を保護し、不幸にも既に息絶えている場合は通報し、遺体の回収に協力するのだが、その際、ある種の勘が働くのだという。

「一度死にかけた身だから、死の気配に敏感になったのかなぁ。今日はあやしいぞと思う日は、たいてい自殺志願者か仏さんに遭遇しますね」

パトロールも頻繁に行われている昨今では、遺体の回収も比較的早く、さほど惨《むご》たらしい状態のものは少ない。

「だけど、そこが樹海の魔境的なところでね、どうしても発見が遅れるエアポケットのようなポイントがあるんです。そういったエリアで亡くなった遺体は酷《ひど》い有様になっている」

その日、辻さんが見つけた遺体は凄惨《せいさん》だった。縊死《いし》なのだが、よほど放置されていたものか、四肢《しし》は腐れ落ち、結果、引っかかりを失った衣服も剝《は》がれている。汚物を拭いた雑巾のような状態になって木立の下に丸まっている衣類の端々と散らばる頭髪から、女性の自殺者とわかるのが痛々しさに拍車《はくしゃ》をかけた。

「遺体の下には四肢の骨と共に、何かゴムの塊《かたまり》のようなものがいくつかありました。最初、僕はそれが何かわからなかったのですが、美容成形用のシリコンだと後から聞いたんです」

自殺者のプライバシーには踏み込まない辻さんだが、その時は比較的長く現場に留まったため、警察がおこなった遺留品の調査などから、亡くなったのがホステスをしていた女性だと知ることとなる。より多くの人気を得るためか、あるいは衰えゆく容姿をつなぎ止めようとした結果かは知る由《よし》もないが、自殺者は体内に相当量のシリコンを埋め込んでいたのだと思われた。

「手術にはかなりの痛みを伴ったでしょうし、金銭的な負担も大きかったことでしょう」

そこまでやった末の自殺という幕引きに、辻さんは暗澹《あんたん》たる思いがしたという。

「どうか成仏してくださいと手を合わせましたが、そこに遺体を発見してあげたことで仏さんに感謝してもらえるはずだというぬぼれがあったことは否定できません。だから、その後に起こったことは自業自得だと思っています」

遺体発見から数日後の夜、自宅で休んでいた辻さんは、眼球への強烈な圧迫感で目が覚めた。自分と天井との間に、油を水に浮かべたような不定形の靄《もや》がある。それが形を変えるたび、彼の目は今にも潰《つぶ》れそうに痛んだ。

「僕はそれが縊死体の女性だと直感しました。霊はあれこれ恨み言を並べ立てたりはしませんでしたが、強烈なメッセージを放っていました。たった一つ——見ないで——と。彼女にしてみれば、あの死に様を見られたことに、舞台裏を覗《のぞ》かれてしまったような屈辱《くつじょく》を感じたのでしょう」

あんな状態になる前に見つけてあげられずに申し訳ない、辻さんが繰り返しそう念じると霊は消えた。両目の痛みも治まった。

「それ以来、あまり遺体には近付かないよう心がけています。死に臨《のぞ》む人の闇は、とても僕などが受け止められるものではありませんから」

辻さんはそう話を締めくくった。

第二十五話

# 残業

伊計　翼

M弓さんは食品の会社に勤めていた。

一家総出で経営しているちいさな会社だったが、待遇はよかったらしい。

あるとき専務が仕事を辞めることになった。社長の妻であるYさんがあとを継ぐことになり、社員にもその通達がいく。全員が集められて新たな体制の説明が行われた。

新専務である妻から「終業時間を三十分延ばしてほしい」ということを頼まれた。いままでは五時までだったが、専務が帰る五時半まで会社にいて欲しいというのだ。三十分伸ばしても仕事が増えるわけではなく、会社が残業代を損するだけである。

それでもいて欲しい、というのだ。

M弓さんは皆を代表して挙手し、どうしてかと問う。

「ひとりでいると窓から顔がのぞく。それがこわい」という理由からであった。

# 第二十六話　クリオネ

神　薫

その産婦人科病院には、クリオネが出るという。

そこにナースとして勤務して以来、水谷さんは何度かクリオネ目撃談を聞いてきた。

「ご家族がお見舞いに来られる時、たまに〈クリオネが出た〉って言うのよ」

クリオネは海に棲む貝の一種で、正式名称はハダカカメガイ。通常の大きさは二センチと小さく、巨大化した個体でも十センチ程度である。

だが、病院に出るクリオネは約八十センチ、翼足《よくそく》（ヒレに似た、泳ぐための器官）のない紡錘形《ぼうすいけい》の身体《からだ》は蛍光オレンジに光り、病室の窓辺付近に出ると言われている。

目撃談は医療従事者より、入院患者とその家族に多い。クリオネは数分で姿を消してしまうため、ナースでも滅多に遭遇することはなかった。

出現場所が産婦人科であり、クリオネの姿が赤ちゃんのおくるみに似ていることから、ナースの間では〈ここで亡くなった赤ちゃんの霊なのでは〉と囁かれている。

「クリオネはだいたいいつも、その日退院する患者さんの部屋に出るの。それで容態が急変したってこともないし、みなさん無事に退院していかれるから、〈周産期の母子を見守る守護天使〉みたいな存在だと思ってた」

ある日の夕方、ナースステーション横の資料室から、同僚のナースが飛び出してきた。何かあったの？　と問う水谷さんに、彼女はヒステリックな返事をよこした。

「あれがベランダにいる、オレンジ色のあれ！」

水谷さんは、逃げる同僚と入れ替わるようにして資料室に足を踏み入れた。

「まだ私は一度もクリオネを見たことがなかったから、チャンスと思って」

窓越しのベランダに、ぼうっと光るオレンジの物が浮かんでいる。

至近距離で見るクリオネは、想像以上に巨大に感じられた。水谷さんの視線を意識してか、それは窓ガラスをすり抜けて室内に侵入してきた。

クリオネでも、天使でもなかった。

宙に浮いていたのは、マヨネーズのマスコットのように髪をツンと尖らせ、足先をぷらんと伸ばして体育座りをした、全身が蛍光オレンジの男。

「むっつり不機嫌そうな顔のおっさんで……あろうことか、全裸だった」

蛍光色の男は、ふよ、ふよ、ふよ、と彼女の頭上を三度旋回してから、音もなく消えた。

気を取り直してナースステーションに戻ると、先刻騒いだ同僚は黙々と看護記録を書いていた。

同僚は「次からは、見ない方がいいよ」と水谷さんの足元を指差した。白いストッキングに包まれた脚に、謎の水玉模様が複数ある。よく見ると、水玉模様に見えたのは丸い形をした内出血だった。

「オレンジのおっさんがぐるぐる回ってた時、妙に空気がチリチリしたの。それが原因なのかな」

更衣室で確認すると、顔を除く全身があざだらけになっていた。

「見るだけでそんなになるなんて、ろくでもないやつよ」

産婦人科にそんな物が出る理由はわかっていないが、水谷さんは一つ腑《ふ》に落ちたことがある。

「うちの病院、リピーターさんが妙に少ないの。先生の腕は良いのになんで？って不思議だったけど」

退院時に〈クリオネ〉に遭遇し、全身に謎の内出血が起きたために、この病院は患者さんから敬遠されているのではないか。

水谷さんは、そうにらんでいる。

## 第二十七話　故意か過失か

橘　百花

塔上さんの通っているスポーツクラブは、更衣室が二階にプールは地下一階にある。更衣室で水着に着替えてからの移動は、そこから出てすぐの所にある専用のエレベーターを使用する。これは男女兼用だ。階段もあるが、誰もそちらは使わない。

いつものように一時間ほどプールで過ごしてから、エレベーターで更衣室へ戻ることにした。エレベーターで、たまたまもう一人の女性と一緒になった。

更衣室のある二階に着くと、年配の男性が入れ違いで中へ乗り込んだ。

白髪混じりの縮れた髪が肩まであり、髭《ひげ》も伸び放題。痩せた身体。肌も汚れで黒い色斑《いろむら》がある。小柄で姿勢も悪い。

こんな妙な人も通っているのかと思ったと同時に――。

（あれ？　今のおじいちゃん、水着着てない……）

弛《ゆる》んだ皮膚が、陰部を隠している。

咄嗟《とっさ》に壁のボタンを押し、閉まりかけたエレベーターの扉を開けた。
急いで中を覗いたが、そこには誰も乗っていない。
彼女と一緒にエレベーターを降りた女性も、この異変に気が付いたようだ。
ぽかんと口を開けてぼんやりしている。
「今、おじいちゃんいなかった？……水着、着るの忘れちゃったのかしらね」
確かに男性は全裸だった。見間違いではない。
これは大問題だが、肝心の相手の姿がない。
何処《どこ》にどうクレームを入れたらいいのか。
塔上さんは困り、それを誤魔化《ごまか》すように笑うしかなかった。

# 第二十八話　愛犬

黒木あるじ

Aさんは、数年前に雄のチワワを飼っていた。

「小型犬ってけっこう吠えるんですけど、ウチのプリンちゃんはおとなしくて。ほとんど鳴かないんです。手がかからなくて良かったんですが……ちょっとだけ問題があって」

愛犬が吠えた翌日、Aさんのもとへ決まって知人の訃報が届くのだという。

恩師、旧友、同僚の夫、上司……これまで、外れたことは一度もない。

「不思議ねえ、なんて呑気に思っていたら……先週ね、私が職場から帰宅した途端に、プリンちゃんがけたたましく吠えたんです」

どれほど宥《なだ》めても、いくら叱りつけても、愛犬は鳴き止まない。結局、翌朝になって憔《しょう》悴《すい》するまで吠え続けたのだそうだ。

「それが……いつもは訴えるように私を見つめて吠えるんですが、その日は、職場から貰ってきた、来年のカレンダーを睨みつけているんです……これ、なにかの暗示なんですかね」

年が明けるのが、怖いです。

彼女は、そう言ってため息をついた。

# 第二十九話　音楽室に立つ

小田イ輔

小学校六年の夏休み。

その日、Hさんは学校へ行く用事があった。

「夏休み明けにある合唱コンクールのために、ピアノの練習をしなければならなかったんです。先生と約束していて、職員室へ行ったら音楽室で待っているように言われて」

ドアを開けると、音楽室の真ん中にマネキンが立っていた。

「何でマネキンが立っているんだろうって不思議でした。普段はないのに……」

右手だけを不自然に高く掲《かか》げたまま直立しているマネキン。

「デッサン人形ってありますよね？　アレに近かったかも知れません。等身大のデッサン人形。マネキンなら目とか鼻とか、顔のパーツがあるはずの部分になにもなくって」

壁に貼ってある作曲家の肖像画。整然と並ぶ楽器、そして顔の無いマネキン。

何だか異様な雰囲気を感じ、近づかないように教室の端を通ってピアノに向かった。

椅子に腰かけ、楽譜に目を通しながら先生を待つ。ふと顔を上げると——。

足音が聞こえた気がして入口に目を向けると。

「さっきまで音楽室の真ん中にあったマネキンが、入口の前に立っていたんです。音楽室には私しかいないのに……」

怖かったが、逃げようにも出入り口を塞がれている。

〝間もなく先生がくるはず〟と思いながら、楽譜を持つ手が震えた。

〝すぐに行くから〟って言ったのに、先生はなかなか来ない。

我慢も限界に達し、怒りにも似た感情で再び顔を上げ、入口を見やる。

「私のすぐ側、目の前にマネキンが立っていました。どうやって近寄ったのか音もなく」

Hさんは悲鳴を上げ駆けだす。

音楽室の入口で何かにぶつかってよろけ、顔を上げると先生だった。

「どうしたの?! って目を丸くしていました『マネキンが！』ってピアノの方を指さしたんですけれど、もうそこには何もなくって……」

先生は「白昼夢っていうのよ」と言うと、おどけるようにHさんをつつき、笑った。

その夏休みの間、Hさんは何度もマネキンを目撃したという。

しかし音楽室の中に居たのはその日だけで、以降はベランダに立っていたそうだ。

# 第三十話　途切れ

黒　史郎

記念だからぜひ、ということなので実名表記させていただく。

竹尾氏は、この本に書かれているような話は一切信じない。なんなら霊を視た、視えるという人を馬鹿にしている。当然、その手のものは一度も視たことがない。

「でも、この体験だけは本当に不思議なんだよな」

中学生の頃、自宅で友達と二人でファミコンの野球ゲームに興じていると、ゲームの中の観客の歓声がブツリブツリと途切れ出した。

ソフトを本体から抜いたり挿したりしてみたが直らず、音の途切れはだんだんひどくなる。買って間もなかったので苛立《いらだ》った竹尾氏は、クレームでも入れてやろうとソフトの箱に電話番号の記載がないかと探した。

すると部屋の扉が開いて、「呼んだか」と父親が顔を覗かせた。

呼んでないよというと父親は無言で顔を引っ込め、扉を閉める。

「もう一回試してみようよ」

友達がソフトを本体に挿して再びゲームを始めるが、すぐに観客の音声がブツリブツリと途切れだす。

また扉が開いて、父親が覗き込む。

「呼んだか」

「だから呼んでないって。なに、さっきから」

父親は目を伏せると、また何も言わずに扉を閉める。

友達の「あっ」という声で竹尾氏はテレビ画面に目を戻した。ゲームの音声はいつの間にか直っていた。

「お父さん、仕事休みなの？」

友達の言葉に、そういえば今日は早いなと思った。

父親がまだ仕事場から帰宅していなかったことを知るのは、この数時間後である。

「それからなにがあったわけでもないし、両親とも健在だからねぇ。これ、なんだろね」

竹尾氏の口ぶりは、まるで他人事のようだった。

# 第三十一話〈ひとくち怪談〉金挽き

平山夢明

大学受験を控え、深更まで机に向かっていると、どこからか木を挽く音がする。鉄筋のマンションなのに、なんだろうと思う。放っておこうと思う。しかし、鋸で太い木を挽く音は、ひと晩中続いた。

翌日、朝食のテーブルで父と母に〈不思議な音〉の話をした。母は、気のせいよと笑っていたが、父は箸を停め、自分の顔を凝視していた。蒼褪めていた。

翌春を待たずして父の会社は倒産した。わたしは進学を諦め、都下にある弁当工場に勤めることとなった。

後年、父は〈あれは大黒柱を切り斃《たお》す音なのだ〉と呟き、逝った。

# 第三十二話　耳を澄ませて

つくね乱蔵

その日、森川さんは仲間四人で肝試しに向かった。
山の中にある洞窟《どうくつ》が目的地だ。
そこは、妙な音が聞こえるという噂があった。
森川さんはハッキリと霊を見た経験は無かったが、何となく雰囲気は分かったという。
その洞窟は、取り立てて厭な気配は無かった。
噂は噂でしかないなと七割は安心し、三割は残念に思い、足を踏み入れる。
途端に、ひんやりとした空気が首筋にまとわりついてきた。
反響した足音が思わぬ方角から帰ってくる。
が、特に何か起こるわけでもない。
「何も聞こえないじゃん」
「つまんね。帰ろうぜ」
その時である。腹に響くような低い音が聞こえてきた。
思わず顔を見合わせ、四人は音のする方向を探そうと試みた。

だが、反響しているせいでなかなか特定できない。

一つだけ分かったのは、音が徐々に近づいてくるということだ。

「なぁ。もしかしたらだけど」

そろりと切り出したのは仲間の一人、河原だ。

「この音って、人の声じゃないかな」

その言葉を待っていたかのように、音はあからさまに人の声に変わった。

死にたくない

確かにそう聞こえる。

四人は我先に逃げ出した。

その中でも、森川さんは先頭を切って全速力で出口を目指した。

他の三人には、死にたくないとしか聞こえなかったらしいが、森川さんにはもう一言聞こえていたからだという。

その何者かは、死にたくないの前に「一人では」と言っていたそうである。

# 第三十三話　三万

我妻俊樹

朱美さんは学生時代、仕送りを止められ貧乏すぎてどうしようもなくなったとき、知り合いに勧められて老人の話し相手をするというバイトを引き受けた。

ただ家に行って話してくるだけでとっぱらいで三万円くれるというので、態のいい風俗みたいなものじゃないかと警戒して何度も確かめたが、そうではなく本当に話してくるだけでいいのだという。

半信半疑のまま指示された場所に向かうと、いかにも独居老人にふさわしいボロアパートで、いったい誰がお金を出すんだろうと思いながらチャイムを押すと返事があった。入ってこいと言っているらしい。おそるおそるドアを引くと、意外と清潔に整った台所があり、その奥に和室が見える。

和室もきれいに掃除されているようで、いやに物が少ないなと思いつつ「おじゃましまス」と言って朱美さんは上がりこんだ。

ところが部屋には誰もいない。他にはトイレと風呂場しかないようだし、首を傾げながら一応トイレのドアをノックしたところ、

「おーい」

と和室の方から声が聞こえた。

そこで部屋にもどると、やはり誰もいないのできっと押入れに隠れているんだと思い、

「ふざけてるんですか」

とちょっときつめに言いながら襖《ふすま》に手をかけると「おーい」と背後から声がした。

びっくりして後ろを見たら、壁の近くにちょっと場違いな雰囲気の骨董品めいた壷が置いてあった。

まさかと思いつつ、壷に近寄って覗き込むと中から血走った目がぎょろっと見上げて、

「ヨクキテレクタ」

そう言いながらぱちぱちとまばたきをするのがわかった。

気がついたら朱美さんは自宅近くの公園のベンチの上に裸足《はだし》でぼーっと立っており、珍しそうに見上げる小学生たちに囲まれていた。

翌日、口座に知らない名義から三万円が振り込まれていたという。

教科書にも載っている有名な文豪と、一字違いの名前だったそうだ。

## 第三十四話 屍蝋層《しろうそう》の森

明神ちさと

情報提供者の中にあって、東欧諸国の放浪経験を持つ木島さんは比較的情報の少ないエリアの怪異譚をもたらしてくれるありがたい存在だ。その彼から酒場のカウンター越しに聞いた話である。

「調べりゃすぐわかることだから、わざわざ場所は言わない。ま〈東側〉の話だと思ってくれ」

彼はそう言って記憶を辿《たど》るように目を細めた。

「そこは先の大戦中におぞましい出来事のあった森でね。ぶっちゃけて言うと、ある国の軍隊が捕虜をはじめ、占領下にあった多くの人々を虐殺した土地なんだ」

数万単位ともいわれる大量の遺体を埋めたため、戦後調査のために現場が掘り返された際、一帯の土壌には死体から滲《にじ》み出した油脂分が黒い地層状の帯を形作っているほどだったらしい。

「一応、発掘された遺体の共同墓地や、追悼碑《ついとうひ》なんかが作られちゃいるけど、それで惨劇の事実が消えるわけじゃないだろ。元々が鬱蒼《うっそう》とした森だし、やっぱりこの世の者ならぬ姿を見たという噂もあるわけよ」

　青ざめた捕囚の一団を見たという話もあれば、夜のしじまを縫って響く機関銃の発射音を聞いたという噂もある。複数の悲鳴や悲しげな歌声が響いたという話が、地方紙の片隅にひっそりと載せられたこともあったらしい。

「加害者側の国の体制が体制だから、滅多なことは言いづらい環境だったんだよ。今でもそうなのかも知れんが」

　現地を訪れた木島さん自身も薄暮の森の中に不可思議な光が走るのを見たのだという。

「あれは短機関銃の閃光《マズルフラッシュ》じゃないかなんて思って見てたら、メチャクチャ具合が悪くなっちまったよ。皆殺しにされた捕虜の霊気に当てられたのかも知れない。いや、森の地中深く染み込んだ、死体の腐敗ガスが滲《にじ》みだしていたのかも……」

　事件の追悼式典に出席する被害者国側の大統領夫妻と政府高官を乗せた飛行機が、件《くだん》の森近郊に墜落したのは二〇〇七年のことである。そこに現実的な諜報戦を想像することはもちろんできる。だが、事件が歴史の彼方に押しやられてしまうことを、被害者達の霊は、未だ許してはいないと考えることもまた可能だろう。

## 第三十五話　黒

伊計　翼

深夜、男子トイレの個室にゆうれいが現れる。

Dくんの通っていた学校では、そんなうわさが流れていた。

肝試しがてら、検証しようと友人たちと学校に忍びこむ。

トイレにはいると電気をつける。うわさ通りなら「首を吊った男子生徒のゆうれい」は奥の個室に現れるはずであった。

恐る恐る全員で奥に進んでいくと、その個室のドアだけ閉まっていた。

Dくんが手を伸ばしてドアをかるく押すと――なんの抵抗もなく開いて、便器だけがそこにあった。安心したとき、友人のひとりが「なんだあれ?」と指さした。

掛けられた鏡が壁に並んでいる。

Dくんたちが映っているはずの鏡が、墨で塗ったようにまっ黒に染まっていた。

近くまでいき観察したが、結局よくわからず、誰かの悪戯《いたずら》だろうと帰っていった。

本当にこわくなったのは翌日の朝、なんの変哲もない鏡をみたときだった。

# 第三十六話　バカモン！

神　薫

高木さんの弟さんはものぐさな性質で、大学を卒業するまでに在籍上限の八年を要した上、卒後二年を経ても定職に就く気配がなかった。

見かねて就職先を紹介したこともあるが、「なんとなく気がのらない」と面接をドタキャンされて以来、彼女は基本、弟にかまわないことにしていた。

ところが、高木さんはあるプロジェクトのチーフに抜擢されることになった。上から評価されるのはうれしいが、大切な日に出張を仰せつかり、休めないのが困りものだった。

その日は交通事故で一度に亡くなった両親の命日。高木さんは毎年その日に墓参《ぼさん》しては、両親の冥福を祈ると同時に、姉弟の無事を報告してきた。

「三回忌までは無理やり弟を引っ張って行ったんだけど」

出不精の弟さんは同行を拒絶するようになったため、ここ数年は高木さん一人で墓参りをしていた。

働いていない弟さんには時間が充分にあるはずだが、問題は彼が度を越した面倒くさがりなことだった。

高木さんの予想通り、弟さんは墓参依頼に難色を示した。〈行かないなら姉弟の縁を切る、この家も出て行ってもらう〉とまで脅して、なんとか約束を取り付けたという。

命日の夜、高木さんが夜遅くに出張から帰ると、弟さんが家を甲斐甲斐しく掃除していた。普段は縦の物を横にもしない彼にしては、たいへん珍しいことだった。

「お墓参りしてくれた⁉」と尋ねたところ、弟さんは堰《せき》を切ったように話し出した。

渋々墓参に出かけたものの、全てが億劫《おっくう》な彼は、「水が冷たくて嫌だったから」と桶に汲んだ水を墓石の真上からぶっかけ、おざなりに手を合わせて墓参りを済ませたのだという。

そんな彼が帰宅し、水でも飲もうと洗面所へ向かった直後、それは起きた。

「蛇口をひねる前に〈バカモン！〉って男の声がして、顔に水をぶっかけられたんだって」

ほとばしる水の出所を調べると、水道管が破裂していた。彼は頭から激しく水を浴び、滝行の如《ごと》く全身ズブ濡れになったのだという。

墓相学では墓石を人の体に例える。墓を清める際には、まず墓石の脇からそっとひしゃくで水をかけるものだ。面倒くさいからといって、墓の真上で桶をひっくり返す行為は、言わば人の頭から水を浴びせかけるのに等しい不作法である。

「でね、その時聞いた〈バカモン！〉っていうのが、お父さんの声だったって」

亡父の一喝が効いた弟さんは家事を手伝うようになり、就職活動も始めたそうだ。

# 第三十七話　見初《みそ》められて

橘　百花

最上さんがバスを降りると、見知らぬ外国人の男が目の前に立っている。

男はいきなり、聞くのも恥ずかしい台詞《せりふ》を英語で並べ、熱烈な愛の告白を始めた。断ろうにも適当な単語が浮かばない。

自宅はすぐそこだが、このまま駆け込めば住まいがばれる。

仕方なく目の前にあるコンビニに避難すると立ち読みを始めた。幸い男は店内までは追っては来ず、気が付くとどこかにいなくなっていた。

念のため、もう少し時間を潰してから自宅へ戻った。

後日通っている大学へ行くと、にやけた顔の先輩に話しかけられた。

「この間コンビニで、一緒にいた男は彼氏？」

あの日、先輩は後続のバスの中から立ち読みする彼女を目撃していた。

彼女の後ろに、男が一人立っていたらしい。

綺麗な顔をした日本人の、大人しそうな男だった。

その男は立ち読みしている最上さんを、後ろで待っているように見えた。
先輩はその男を最上さんの彼氏と勘違いし、からかった。

あの時背後には、確かに誰もいなかったはずだ。
(誰よ、そのイケメン……)
最上さんは彼氏募集中。
異性が寄ってくるようなタイプでもない。
ここ最近の異変に、少々戸惑った。

# 第三十八話　歯壊

黒木あるじ

本書の〆切を間近に控えた、ある深夜。私の携帯電話がけたたましく鳴り響いた。画面を見れば、後輩でもあり同業者でもある《小田イ輔》の番号が点滅している。

「黒木さん、いま起こった出来事を聞いてもらえますか」

電話へ出るなり、こちらの返事も待たずに小田が切り出した。

数分前、彼は本書の原稿をすべて書きあげ、最後の推敲《すいこう》作業をおこなっていたのだという。と、ある話をチェックしていた彼の視線が止まった。

「墓に」と記さなければならない箇所が、「歯がに」となっている。どうやらキーを打ち間違えて、そのまま変換を誤ったらしい。

自分の粗忽《そこつ》さに苦笑しながら、キーボードを叩いて「歯がに」を削除した、その瞬間。

ばちん。

硬いものを指で弾いたような音ともに、パソコンモニタへ小さなかたまりがぶつかった。

「え」

驚いてかたまりを摘まみあげるなり、小田の口から声が漏れた。

歯だった。

慌てて自分の口へ手を伸ばすと、前歯がまるごと一本なくなっていた。

「……信じられますか。〝歯〟って文字を消した途端に、自分の前歯が吹き飛んだんですよ。有り得ませんよ。これって……書くなっていう警告じゃないんですか」

怯える小田とは裏腹に、私は涙が出るほど笑い転げていた。

当事者にしてみれば恐ろしくて仕方ないのだろうけれど、聞いたこちらとしては可笑《おか》しい以外の感想などない。そんな駄洒落《だじゃれ》のような警告があって堪《たま》るかと脱力してしまったのだ。

「ぜひとも書くべきだよ。もしそれが警告なら、書いた暁《あかつき》にはもっと非道《ひど》いことが起こるぜ。怪談屋にとっちゃ、これほど美味しい展開はないじゃないか」

「……厭ですよ。なにが嬉しくて、もっと怖い目に遭わなきゃいけないんですか」

不満の色を隠そうとしない小田をなだめながら、私は「じゃあ俺が書かせてもらって良いかい」と彼を説得し、半ば強引に諒解を取りつけた。

だから、もしかしたらこの本が出る頃には、小田の身になにか起こっているかもしれない。

早く、とんでもない報告が届かないだろうか。

そんな願いを抱きつつ、私は彼からの電話を待ちわびている次第である。

# 第三十九話　ストライクゾーン

黒　史郎

元高校球児だという井中くんから興味深い話を聞いた。

「高校野球の公式戦でキャッチャーをする選手は、審判の前でズボンを下ろすんです」

野球どころかスポーツ全般に詳しくない私は真実なのかと疑いつつ、この後に続く説明に色めき立ってしまった。

審判の前でズボンを下ろす理由、それは股間を守る「チンカップ」なる防具を着けているかどうかの確認のためであるという。その名称こそ本当かよとなった私は、そのまま実話怪談本に書いてもいいのか不安になってネットで調べてみた。正式名称はファウルカップというようだが、多くの球児たちはチンの方を愛称として使っていることがわかった。

「審判ら数人に囲まれてズボンを下ろすのは超絶イヤですけど、キャッチャーは股間にボールが直撃する確率が誰よりも高いんで仕方ないんです。でもあんなことがあると」

ある夏の試合中のことである。

いつも使用しているカップなのに股間に違和感があった。ガードされている箇所がひんやりと冷たい。氷を握っていた手に掴まれているような感覚だった。

器具に押し付けられて血が止まっているのではないか。井中くんは自分の股間が心配になった。

試合も最悪だった。かなりの点差をつけられてチームの士気がガタ落ちの中、「キャッチャーに野球と関係ないことで野次《やじ》られた」と相手チームから苦情をいわれた。そのせいで集中できなかったと、先ほど三振した選手が激怒し、向こうのベンチから睨みつけてくる。

心当たりはなく、完全な言いがかりだとコーチに弁明したが、結局は濡れ衣を晴らせぬまま、井中くんのチームはあるまじき点差で屈辱のコールド負けを喫した。

後にチームの後輩から写真を見せられた。

あの試合の一シーンだった。自分に濡れ衣を着せた選手がバッターボックスに立っている。観客席から応援に来ていた女子生徒が撮影したものらしい。

いろいろと屈辱的であった試合で思い出したくはなかったが、問題は井中くんの股間である。

彼の股の間に、髪の長い後頭部が写っている。

「初心《はつ》霊写真ですけど、後輩と大爆笑しちゃいましたよ」

野球部に憑いていたのか、井中くんのチンカップに憑いていたのか。

いずれにしても、何がしたかったのか今でも疑問であるという。

## 第四十話　ほうれんそう

小田イ輔

S氏の家の近所に、農家を営んでいる老夫婦が住んでいた。

その夫婦が作るほうれん草は、力強い葉ぶりで色も鮮やか、いかにも滋味《じみ》が豊かといった立派なものだった。口に入れると甘味が広がり、S氏は食べる度に感心したものだと語る。

老夫婦は、収穫の時期になると決まって「おすそわけだよ」とS氏に畑で採れた作物をよこしては、お返しも受け取らずに去って行った。

「仕事から帰ってくると、玄関の前に一抱えもあるほうれん草が置いてあるんだ。うちは共働きだったから日中は家に誰も居なくってね。『がんばんなさいよ』なんて書かれた手紙が緑の葉っぱの上に乗っていたっけ」

そのうち、お爺さんが亡くなり、程なくしてお婆さんも亡くなった。

畑は人手に渡って現在は宅地になっている。

時々、S氏宅の玄関にほうれん草が置かれていることがあった。

「もう、あの二人はこの世に居ないんだけど、そんな悪戯《いたずら》をする人間が居るとも思えないし、実際にそれを食べてみると、どう考えてもあの畑で採れたとしか思えない味でね」

あの世から届けてくれているのかな、S氏はそう思う事にして、ありがたく頂いていた。


老夫婦が亡くなってから、もう二十年近くになるという。

今でも、玄関前にものが置かれていることがある。

「最初のうちは、さっき言ったように立派なほうれん草が置かれていたんだけど、だんだんと色つやの落ちたほうれん草になっていって、次はただの雑草が置かれるようになった。それが大きい石、小さい石と変わって、今はただの土くれが置かれるんだ」

置かれる頻度もどんどん少なくなり、今では一年に数回、玄関前に両手で盛ったような土の小山ができる事があるだけになっている。

「ああ、こうやって仏さんになっていくのかなって思っているんだよ。子供の無い夫婦だったからね。きっと、あの世でも俺らを見守ってくれていたんじゃないかな……。その二人も、そろそろ現世からは完全に離れたところに行ってしまうところなんだろうね」

時々できる小山の土は、S氏宅の家庭菜園に移され、彼が世話する植物を育んでいる。

「俺が作ったんだ」と、S氏にほうれん草のお浸しをご馳走になった。

甘く、滋味が豊かであった。

# 第四十一話 〈ひとくち怪談〉 こたつ

平山夢明

雪国で育ったという人が教えてくれた。十歳も年の離れた弟がいたという。

激しい雪降りの日、こたつに入って共働きの両親の帰りを待っていた。

彼が中学三年になる年だった。

弟はテレビを、彼は怪談の本を読んでいた。

ぞくぞくしながらページを繰っていると、ふと股間に弟が顔を出した。こたつを潜ってふざけているのだ。

〈莫迦な奴〉

と、苦笑すると台所で冷蔵庫を開けている弟の姿が目に入った。

こたつの物は消えていた。

よくよく考えるとあれは弟の顔ではなかったような気がするとも云った。

# 第四十二話　極凶

長谷川さんは占いが大好きである。

星座や手相等々、男のくせにと自嘲《じちょう》しながら、ありとあらゆる占いに目を通している。

特に好きなのが神社で引くおみくじだ。旅先で神社を見かけると、必ず立ち寄る。

妻の実家の近くにも由緒正しい神社があり、里帰りのお伴で宿泊した際の散歩コースにしていたという。

今年の春、長谷川さんは法事に出席する為、妻の実家に向かった。

少し時間が空《あ》いたので、例によって神社に向かう。

清浄な空気に気持ちを引き締め、長谷川さんは早速おみくじを引いた。

【大凶】

「うわ。なんだよ、くそ。今のは無し。予行演習」

誰に言うでもなく、くだらない言い訳をしながら再度引いた。

【大凶】

まさかの二連続である。

ふて腐れた長谷川さんは、おみくじを丸めてポケットに突っ込んだ。

家に帰ってからも苛立ちが治まらない。長谷川さんは、しばらく考え込んでから文房具店へ出かけ、半紙と筆ペンと糊を買ってきた。

先ほど丸めたおみくじを広げ、同じ大きさに半紙を切りとる。

そこに筆ペンで【極凶】と書き込んだ。

その横に、待ち人・一生来ない。結婚運・諦めるべし。金運・皆無。健康運・余命半年。と書き加える。

それを先ほどのおみくじに貼りつけ、お手製の極凶みくじを作ってしまったのだ。御満悦で神社に戻り、三方に盛られたおみくじの中にできたばかりの極凶みくじを混ぜ入れた。

翌日、昼近くまで寝ていた長谷川さんが居間に入ると、不機嫌な顔の妻がいた。

「ちょっとこれ見てよ。酷《ひど》いったらありゃしない」

朝の散歩のついでに神社に立ち寄ったらしい。

妻が差し出したのは、長谷川さん手作りの極凶みくじであった。

山盛りの中からこの一枚を選ぶとは、運が良いのか悪いのか感心するしかない。

まさか自分が作ったとも言えず、長谷川さんも付き合いで渋面を作った。

その時は、まさか本当に妻が半年で死ぬとは思ってもいなかったという。

# 第四十三話　悲喜

我妻俊樹

よく晴れた朝のこと。
珍しく早起きしたので散歩に出かけた。
通勤路とは反対方向の住宅地を歩いて、正輝さんは見晴らしのいい場所に出た。
遠くにタワーマンションと富士山が見える。
ずっと手前に、いかにも古そうなお屋敷があるのが目につく。
豪邸と言っていい大きさ。誰の家だろうか。
方角と、周囲にあるものから場所の特定を試みる。
手がかりは図書館の分館と、県道沿いのゴルフ用品店の位置。
それらの中間あたりにお屋敷はあった。

何度か来たことのある分館の前を通り、県道側へ歩いていくと行き止まりになった。
おかしいな、この道でいいはずなのに。
そう思いながら引き返してくると何だか悲しい気分になる。

もう一度行ってみよう、なぜかそう思い直してふたたびお屋敷の方向を目指す。すると気持ちが高揚してきて、きっと行けるはずだと思う。

鼻歌まで出てきた。


だがやはり道は行き止まりだった。

自分でも意外なほど落胆していると、いきなり袖を引っ張られた。

「よくがんばったね、もう楽になっていいんだよ」

五歳くらいの男の子が、つぶらな瞳で見上げていた。

「誰も責めたりしない」

大人びた、なめらかな口調でそう言う。

水を浴びたように我に返り、正輝さんは足早に道を引き返した。


古いお屋敷は、地元の名士である元代議士の実家だった。

その元代議士の老母の訃報が、翌日の新聞に載っていたのだ。

亡くなった時刻はおおよそ、正輝さんが高台から見下ろしていた頃である。

# 第四十四話　夜走る

明神ちさと

　藤田さんはダイエットのためのジョギングを続けている。走るのはいつも夜だ。適度な疲労感でぐっすり眠れる。走るとき、彼女はスマホを携帯する。ＧＰＳアプリでトレーニングを記録しているからである。もちろん、防犯の意味もあるが。

「走ったコースが地図上に記録されるんですけど、この前ちょっと変なことがあって」

　彼女が走るのは自宅に近い川沿いの道だ。コースは二本の橋を間に挟んで川を渡る細長い輪の形をしている。だがある時から、ＧＰＳの軌跡にコースからポツンと離れた点が表示されるようになったのだという。

「横道にそれているならまだわかるんです。でも、点ってことは、まるで瞬間移動したみたいでしょう？　それに、その場所っていうのが……」

　ある夜、試しに点を目指して走ってみた。それはいつものコースから五百メートルほど離れた国道沿いの草むらで、まだ新しい道祖神《どうそしん》かお地蔵さんのような石碑があった。周囲には花束や菓子の類が供えられていたが、近所で事故の噂は聞かない。自分とは縁もゆかりもないことが逆に怖い。やむを得ず、藤田さんはジョギングコースを変えた。

## 第四十五話　天井扉

伊計　翼

Ｆさんが彼氏の家に遊びにいった。

彼の家は京都の古い町屋でリフォームをしている最中だった。

夜もふけてきたので彼と布団にはいる。彼はすぐ眠ってしまったが、Ｆさんはなかなか寝つけない。窓からの光があたる、ぼろぼろの天井をみて眠気が訪れるのを待っていた。

ふいに視界全体にすッと線がはいる。

驚く暇もなく、天井板が自動ドアのように左右にわかれた。

広い居間のような部屋があり、数人の老人たちが台を囲んで宴会をしている。

（え？　天井なのに？）

まるで映写機で天井に映された映像を観ているような状態だ。

老人たちはＦさんに気付く様子もなく、わいわいと楽しげに騒いでいるようだった。

太っている者や坊主頭の者や白いひげを蓄えた者、なかには女性もいる。

（お酒、美味しそうだな）

いつの間に眠っていたのか、気がつくと朝だった。

Fさんは（変な夢をみた）くらいにしか思わず、そのことを彼に話さなかったらしい。

後日、天井板を張りかえる工事を終えたあと、妙なものをみつけたと彼にいわれた。

天井裏に木彫りの七福神が置かれていたというのだ。

それを聞いてFさんは（ああ。あのときのひとたちは……）と納得した。

# 第四十六話　腹パン

神　薫

兎君がバンドで遠征した古都のライブハウスは、ビルの地下にあった。

どこかうら寂しい建物で、地階へ降りていく階段も暗くて嫌な感じだったが、最も不気味なのはライブハウスと板一枚隔てた隣にある、三畳一間の和室だった。

冬の空気はしんと冷たく、ボーカルの喉が荒れる程に乾燥していたが、ライブハウス横の小さな和室だけは、じっとり冷たく湿気ていた。バンドの荷物置き場であるそこには、メンバーのほとんどがあまり入りたがらなかったという。

そこに到着して五分としないうちに、兎君の彼女から携帯に着信があった。強い霊感があることで有名な彼女は、開口一番「兎君？　なんか暗いところにいるでしょう。そこ、良くないからあまりいない方がいいよ」と言った。彼女の言葉を聞いたバンドメンバーは恐慌に陥ったが、アマチュアでも心はプロ、なんとかその晩のライブをこなした。

観光地ゆえか、古都のホテル料金は高めであった。バンドツアーは重い機材の運搬など肉体労働の割合も多いため、漫喫やカプセルホテルへの宿泊は避けたかった。メンバーで話し合って高価なホテルへの宿泊を覚悟した時、強心臓の亀君がこう切り出した。

「俺、別行動してもいい？　ここの和室ただで泊まれるんだって」

どのみち三畳間では一人しか泊まれないので、兎君らは亀君の自由にさせた。

明くる日の早朝、車で拾いに行くと、亀君はビルの一階のドアにもたれて立っていた。

「おお、寝起きの悪いお前にしちゃ早起きしたなあ」と褒めてやると、亀君がヒシと兎君に抱きついてきた。

昨晩、亀君は和室で金縛りに遭い、見えない誰かに延々と腹パン（げんこつで腹を殴ること）されたのだという。施錠された地下のライブハウスには、亀君以外の人間はいないはずであった。ずっと続いた腹パンが夜明けにようやく止み、金縛りが解けたので逃げて来た、結局一睡もできなかったと亀君は話した。

「で、ツアーを終えて静岡に帰った翌朝、亀から俺に電話が来たんですよ」

自宅でゆったりくつろごうとした亀君を金縛りが襲い、ドン！　と腹に覚えのある一撃が来た。動けない身には気の遠くなるような時間、また一発、もう一発と腹を殴られ続けたが、それは古都の一夜と同じく、夜明けと共にピタリと止んだのだそうだ。

「どうしよう俺の家まで腹パンがついて来ちゃったよ、って泣いてましたよ、あいつ」

自宅が怖くなった亀君は、友人宅を泊まり歩いている。

〈腹パン〉がまだ彼の家にいるかどうかは、わかっていない。

# 第四十七話　理不尽

橘　百花

美容師をしている諸塚さんはその日、客の洗髪をしていた。

途中で客の顔の上に乗せている白いシートが、モゾモゾと動いていることに気付いた。

何か話そうとして、口を動かしているのかもしれないが客は何も言ってこない。

「痒《かゆ》いところはありませんか？　洗い流し足りないところはありませんか？」

念の為、言葉をかけたら「大丈夫です」と返された。

その後も動きは止まず、シートがずれた。そのせいで客の顔半分が見える。一瞬目が合い、気まずい空気が流れた。

「あっ、すみません。直しますね」

一声かけてシートの端を摘まんだ瞬間、その表情に違和感を覚えた。客は半分見えている目を見開いたまま。口を半開きにしている。

（この人、こんなに派手なアイメイクの人だっけ。付け睫毛《まつげ》なんてしてたかしら）

顔の造りが全くの別人になっている。

今ここにいるはずの客の顔ではない。別の女の顔。しかもこの顔には覚えがある。

この店の代表を務める男の妻の顔だ。

嫌な出来事を思い出す。

彼女は男の指名で、アシスタントに入ることが多い。彼は尊敬できる上司でもある。

あくまでも仕事上の付き合いだけだ。男女の仲ではない。しかしある日突然、男から告白を受けていた。当然、今までそんな素振りはなかった。

酷《ひど》く驚いて固まる諸塚さんを見て、男は何を勘違いしたのか「結婚」をにおわせる言葉も付け足した。

「心配しなくていい。妻も大丈夫。子供も大人になればきっとわかってくれるし」

妻とは何度か、直接会ったこともある。美人でセンスのいいモデルのような女性だ。

男の表情は明るい。それがかえって気味悪かった。

（この人の頭の中、どうなっているわけ……）

当然、断りを入れた。

男はその後、何事もなかったように彼女に接し、彼の家庭も円満そうだ。

彼女に対しても元通りの対応だった。

（私はきちんとお断りした。何も悪いことはしていない）

そう心の中で呟きながら、何も見なかった振りをして目の前の客の顔のシートをかぶせ直す。男の妻から責められているような気持ちは消えない。

洗髪が終わると、客の顔は本来の姿に戻っていた。

それからだ。

仕事で使っているすべての薬品が前触れもなく体質と合わなくなった。手は赤く爛《ただ》れ、指の関節がぱっくりと割れる。そこが酷く痒《かゆ》み、無意識にボリボリと掻き毟《むし》る。その度に客に嫌な顔をされた。

爛れは徐々に、手の甲から手首を越え広がり始めた。赤黒い染みのように皮膚にこびりつき目立つ。医者に通い薬も塗ったが、一向に良くならない。

これは妻による言われのない嫉妬のせいに違いない。客の顔が妻と入れ替わって見えることも続いていたが、耐えた。

好きな仕事だったので最後まで迷ったが、手の症状に耐え切れず辞表を出した。

辞表を受け取ったあの男の表情は、少しだけ嬉しそうだった。

その店を辞めてから諸塚さんの手の症状は治まったが、性格が変わった。

奇行も目立つようになり友人達は皆、直接関わることを避けた。

新たな美容院で働き出そうとしたところで子供が出来たらしく、そのまま彼女は姿を消した。ただその後も「結婚した。幸せになった」という話は聞かない。。

# 第四十八話　静寂と声

小田イ輔

Rさんは街を歩いていてふと気づいた。

「あれ？　さっきから音がしていないぞって」

自分の周囲の景色は全く変わっていない、麗《うら》らかな日差しが降り注ぐ快晴の午後だった。

忙しく動き回る車や、日傘をさした夫人、ランドセルを背負って笑い合う子供達。

見慣れたいつもの光景から音だけが消えていた。

「ちょっとパニックになりました。突発性の難聴《なんちょう》っていうんですかね？　そういう病気があるっていう話は聞いたことがあったので……」

周囲を見回し、音を探る。静寂の空間に向かって耳を澄ます。

「何も聞こえないんですよ。これは本格的にマズイなって……」

軽いめまいを覚え、フラフラと歩道脇にあった花壇の縁に座り込み頭を抱えた。

「どうしよう、病院に駆け込んだ方がいいのかな、めまいもあるし救急車を呼んでしまおうかってそんな事を考えていました」

〝音が聞こえない〟ただそれだけのことで、こんなにも世界が変わってしまうのか。

いつもの光景、見慣れた景色。動き回る人達にここまで違和感を持つなんて……。

恐怖にも似た心境で、座ったまま竦《すく》んでいると——。


『キンッ　キンッ』


鉄パイプを叩き合わせるような〝音〟が耳に入った。

「あ、何か聞こえる！って」

どこか遠くから鳴り響くような金属音。

はっきりと聞こえるのに目に入ってくる光景のどこからその音がしてくるのか分からない。

キョロキョロと顔を動かし、音の出どころを探った、次の瞬間。

『ろおおい、ろおおい、ろおおおおおいおいおいおいおいおいおーい』

金属音と同じく、遠くから聞こえてくる野太い男の声。

その声は、周囲の様子を伺っていたRさんに迫ってくる。どこからか、迫ってくる。

「突然でしたから、何も考えられませんでした。自分の置かれている状況を一つも理解できないまま、茫然としていたと思います」

『ろおおおおおおおおおおおおおおおおおおおおおおおおい』

耳元で鳴り響く大声。

「あ、って思った時には、もう普段通りに日常の音が耳に入ってきていました」

Rさんは自分が涙を流していることに気付いた。

しかし体が強張《こわば》ってそれを拭《ぬぐ》う事すらできない。

恐怖なのか、何なのか、自分でもよく分からない涙を流したまま、ぼんやりと街を眺める。

いつも通りの景色、いつも通りの音。

「感動？っていうんでしょうか、何故か分かりませんがそういう気持ちがありました」

ある日の、ほんの十分程のできごとであったという。

## 第四十九話　時計

黒木あるじ

Hさんはその夜、リビングで電話を待っていた。

事故に遭った親友の、緊急手術。その結果を知らせる電話であったという。

「高校時代からの旧友でした。私は隣県に暮らしていたので駆けつけることはできなかったんですが、事故の一報を連絡してくれた共通の友人が、病院に付き添ってくれていたんです」

午前一時、二時……三時になっても電話のベルは鳴らない。日付が変わるころには手術が終わる予定だと聞かされていた。

不安がよぎる。眠気覚ましの珈琲は、五杯目あたりから数えるのを止めた。ひとくち飲んでは溜息をつき、無事を祈る。その繰り返しだった。

しかし、四時を過ぎたあたりで、Hさんは考えを改める。

もしかして、付き添いの友人が連絡を忘れているだけかもしれない。その証拠に、何度か送ったメールには、いっこうに返事がこないじゃないか。

手術の成功に安堵して連絡をすっかり失念しているか、もしくは携帯電話の電池が切れたのかもしれない。そうだ、そうに違いない。

　やや明るくなりはじめた窓の外を眺め、無意識に「便りのないのは良い証拠さ」と言った、その瞬間だった。

　かたたたたた。

　小さな音に気がついて、Hさんはリビングを見回した。

「あっ」

　壁掛け時計の長針と短針が外れ、時計の底部に転がっている。

「さっきまで、本当に一分ほど前までなんの問題もなく動いていたんですよ。もしかして、アイツになにかあったんじゃないかと直感しました」

　呆然としながら時計を見つめていた矢先、電話が鳴った。

　電話はHさんの予想どおり、親友の訃報を告げるものであったという。

　その夜から二年が経った。

　壁掛け時計は針を失ったまま、いまもリビングの壁に掛かっているそうだ。

　なんだか外す気にならないんですよ、とは、取材の終わりに彼が残した言葉である。

# 第五十話　ほかでやれ

黒　史郎

ノボルさんは学生時代、深夜のランニングが日課だった。

ある晩、夜風に冷えたのか急に腹が痛くなり、タイミングよく通りかかった公園のトイレに飛び込んだ。

二つのうち一つの個室が閉まっている。少し嫌だなとは思ったが、近くにコンビニはないし自宅までは距離がある。背に腹は代えられない。なるべく先客を刺激しないよう、静かに入った。

個室に入るとすぐ、隣から声が聞こえてきた。

はぁ、はぁ
んはぁ、んくっ
荒い息遣いが二人分。どちらも男である。

少しずつ状況が呑み込めた。隣は男神輿《おとこみこし》の真っ最中なのだ。

次第に二人の嬌声《きょうせい》は激しさを増していく。まるで二人のランナーが走っているようだ。

隣の自分に気づいていないのか、あるいは、この状況が二人を逆に盛り上がらせているのか。

初めのうちは物珍しさもあって聞き耳を立てていたが、だんだん怖くなってきた。

どんなガチムチ男子たちかわからない。ヘタに刺激すればこんな扉などすぐに壊されて、中に乗り込まれ、無理やり三人目に招待されるかもしれない。とんでもないトイレに飛び込んでしまった。

隣が盛り上がる一方、ノボルさんのお腹も限界に達しようとしていた。邪魔をしてはならないと、なるべく汚い音を出さないよう気を使いながら用を足した。

個室を出たら、手は洗わず、走って逃げよう。

どんどん激しくなってきたので今のうちにとそっと閂《かんぬき》をはずし、飛び出した。

隣の個室の扉は内側へ開いて、闇を凝らせていた。

誰もいない。それでも姿なきカップルの声はトイレに響き渡り、どちらも間もなく絶頂へ達しようとしていた。ノボルさんは一目散に逃げだした。

今振り返っても、最悪の体験だという。

# 第五十一話『ニヨッ』

橘　百花

東条さんは毎日、健康のためのウォーキングを欠かさない。
家から歩いて二十分程にある、川沿いの土手道がそのコースだ。
午前中、足早にその道を歩く。数年前に整備工事も終わり、桜も植えられた。
ここからは、近くを流れる川が良く見える。
土手から少し下がった位置にあるコンクリート部分に妙なものを見つけた。
「えっ。やだ、人骨が落ちてる」
すぐに足を止めた。
最近は物騒な事件も多い。まさかと思う気持ちもあった。
近寄って確認する勇気は湧かず、その場から目視する。
すぐにそれが、白いペンキのようなもので書かれた落書きだと気付く。
大人サイズのリアルな人骨画。しかも上手い。
前日にこんなものはなかった。

誰かのちょっとした悪戯《いたずら》だと緊張が解けた瞬間、人骨の片腕部分が動いた。

『ニョッ』

同時に機械音に似た高い声がした。
腕はすぐに元に位置に戻っている。

これは一体どういった仕掛けなのかと酷《ひど》く驚いた。
慌てて傍に近寄り確認したが、ただの画に間違いない。
恐る恐る足で突いてみる。やはり平面に描かれたもので、動くはずはない。

次の日も同じ場所を歩いたが、もうあの落書きはなかった。

第五十二話

# 四度目は無い

つくね乱蔵

服部さんがそれを初めて見たのは、中学生の頃である。

自宅から歩いて行ける距離に海があった為、服部さんは釣りを趣味にしていた。

秋も深まった日曜日のことである。

防波堤には人影は見あたらない。

その日は意外なほど釣れており、そろそろ終わりにしようかと立ち上がった時、海面に浮かぶ黒い物体に気づいた。

目を凝らさずとも正体が分かった。

水死体であった。黒いのは服の色だ。

性別は分からないが、大人に間違いない。

まだ中学生の服部さんには、どこにどうやって伝えたら良いか判断できなかった。

警察に通報するのだろうとは思ったが、その時は子供らしからぬ結論が浮かんだという。

面倒臭いから放っといて逃げよう。

漁港に近い場所だから、通りかかる船が見つけるに違いない。

早く帰らないと母さんにも叱られる。
都合の良い言い訳が次々浮かんだ。
服部さんは荷物をまとめると、一目散にその場から離れた。
最後に一度だけ振り返ると、水死体はまだ浮かんでいた。
服部さんの予想を裏切り、水死体は誰にも発見されなかった。
少なくとも新聞沙汰にはなっていなかった。
誰にも言いだせないまま、それは服部さんだけの思い出となった。
高校では部活動が忙しくなり、なかなか釣りに行けない日が続いた。
久しぶりに行けたのは、夏の終わりである。
いつものように防波堤から釣り竿を垂らしていた。
腕は鈍っておらず、針から魚を外す時間が惜しいほど釣れまくったという。
さてそろそろ終わりにするかと立ち上がった時、海面に浮かぶ黒い物体に気づいた。
一瞬で記憶がこじ開けられた。
あの時と全く変わらない水死体が浮かんでいる。
たっぷり三分は立ち尽くしていたという。
服部さんは今回も逃げた。

ただし、今回は面倒臭いとかではなく、恐怖からだ。

その日以来、服部さんは海釣りを止めた。

というか、海にすら行かなくなった。

高校を卒業し、大学に入ってからは釣りよりも楽しい事が沢山あったのも幸いした。

埃《ほこり》の被《かぶ》った釣り竿を手にしたのは、社会人になってからである。

上司に責められる毎日に嫌気がさし、何も考えずにいられる時間を求めた結果だ。

海はやめ、川に向かった。釣れるなら鮒《ふな》でも何でも構わない。なんなら釣れなくてもいい。

そんな後ろ向きな気持ちに反し、次から次へと釣れまくったという。

さてそろそろ終わりにするかと立ち上がった時、水面に浮かぶ黒い物体に気づいた。

「嘘だろ、んな馬鹿な」

服部さんは三度目の水死体からも逃げた。

その日のうちに釣り竿は捨てた。

釣り堀や、いっそのことプールに釣り竿を垂らしても現れるのだろうか。

そんな誘惑と戦う毎日だという。

# 第五十三話　河童泉《かっぱせん》

我妻俊樹

唯雄さんは子供の頃よく家の近所で河童を見たのだという。

唯雄さんは今四十歳だから、一九八〇年代の話である。

家は郊外ではあったが住宅地で、地元にそういう言い伝えがあると聞いたこともなかった。

だが唯雄さんが書道教室に行くのをさぼって神社の裏の湧き水でプラモデルの戦艦を浮かべて遊んでいると、林の中から河童の鳴き声がかすかに聞こえてくることがあった。

それはカエルの声によく似ているが、じっと耳を澄ませていると時々人間の言葉が混じるので、カエルではなく河童の声だと思ったのだという。

クワッ、クワッ、クワッ、クワッ、クワッ

クワッ、クワッ、オトウサマデイラッシャイマスカ

オカワリナクテ、クワッ、クワッ、クワッ、クワッ

クワッ、クワッ、クワッ、クワッ、アブナイナアキミタチ、クワッ

そんな九官鳥が喋っているような、不自然な発話が聞こえてくるのだそうだ。

何となくこのことを唯雄さんは自分だけの秘密にしていた。

すると向こうも警戒を解いてくれたのか、河童は声だけでなくしだいに姿も見せるようになった。

とはいえ、はっきり目の前に現れるのではない。いつもの声が聞こえているとき、水に人影のようなものが映ったので顔を上げると、サッと何かが藪《やぶ》の中に隠れてしまう。

また夕闇にまぎれて林の奥を踊るように走っていくものを見た後、ズボンのポケットに入れた覚えのない十円玉が三枚入っていたこともあった。

そんな薄紙を隔てたような交流が何年間か続いたのである。

中学生になると唯雄さんは部活のサッカーの練習とカンフー映画に夢中になって、河童のいる森からすっかり遠ざかってしまった。

そのあたりの山が開発されて一帯が住宅地になっていることに気づいたのは、彼が社会人になって数年後のことである。

# 第五十四話　ヤマゴコロ、サトゴコロ

明神ちさと

中島敦《なかじまあつし》の『山月記《さんげつき》』や、アルジャーノン・ブラックウッドの『ウェンディゴ』など、大自然の気に憑かれた人間の変容《メタモルフォゼ》を描く小説は、中国の故事やネイティブアメリカンの伝説に着想を得たと言われているが、同様の話を身近に聞き、私は肌の粟立つ感覚を味わった。

中部地方に暮らす古老に聞いた話である。

山深いその地方にはヤマゴコロ、サトゴコロと呼ばれる言い伝えがあるという。

「例えば野良《のら》仕事や家事の最中、突然狂ったようになって山に分け入り、行方知れずになってしまうのがヤマゴコロ。で、いなくなった人が、たまに姿を見せるのがサトゴコロです」

この手の話――神隠しに取られた人が突然帰って来るといったものは日本各地に見られるようだが、ヤマゴコロ、サトゴコロの興味深く、かつ不気味な点は、一度山に入って戻って来た者の姿が徐々に変容を遂げていくという点にある。

「例えば、これは近くにある鎮守《ちんじゅ》の社《やしろ》が倒壊した時、奥から出て来た像ですが、ご神体としては何だか奇妙な姿でしょ？」

古老はテーブルに一枚の写真を滑らせた。受け取って見ると、人獣の特徴を併せ持つ像が写っている。と言っても、エジプトのオシリスやインドのガネーシャのように人身獣頭といった単純な融合ではなく、むしろ人間を獣化――退化と言ってもいい――させたような禍々《まがまが》しさと、ある種の憐《あわ》れみと嫌悪を誘うような姿なのである。

「まるで人ではなくなった己《おのれ》のあさましさを恥じているような……ね。見てると怖いというより、何か嫌な、悲しいような気になってくるでしょう?」

これはヤマゴコロ、サトゴコロの言い伝えを、目に見える形で伝えているものではないかと古老は言う。一度でも山の気に捉《とら》われた者はゆっくりと、しかし確実に人間性をむしり取られていくそうだ。その変容は精神だけでなく、肉体にも及ぶ。その点も、狐《きつね》憑きや狗神《いぬがみ》憑きとは異なる。

「もしサトゴコロが家に戻って来ても、絶体に構っちゃいかんのです。もう人じゃないんだもの。それが残された者たちにできる、ただ一つの優しさだと」

先の伝説では、村中から黙殺されたサトゴコロが再び山に帰る時、村外れに立つ巨木に文字を刻んだらしい。爪か歯を使って幹を削ったのだろう、そこには辛うじて文字とわかる稚拙《ちせつ》な筆跡で「ヤマニオリマス」もしくは「ヤマニナリマス」と書かれていたという。

# 第五十五話　メモ

伊計　翼

『あなたわたしどうしてももうしぬしぬならあのひとにあやまてヨあやまってください。あとの他のひとはどううでもいいからしぬ前にあのひとだけ謝ってほしいンダです。どどうしてもヤツが許してくれないから、わたしモこここからでれないうごけない。じゅうしょは○○区××町四の十二にいるからいるからドウしてもおねがいあやまって。ぜったいにあやまってくだザイよろしくダけど無理ならわたしがおまえうらむカラ』

S絵さんが目を覚ますと、枕元にあったメモである。

布団のなかに鉛筆もあったので、彼女自身が書いたものだと本人も思ったらしい。気がつかぬまに精神を病んでいるのかと不安になった。

内容が不気味なので何度も読みなおしてみる。まるで自殺願望があるような文章だ。S絵さんにそういった考えはないし『謝って』という人物にも心当たりがない。書かれていた覚えのない住所も気になる。

聞いたことがない地名だったのでパソコンで検索してみると、O県の山奥だった。

（ここになにがあるの？）

景色をみようとストリートビューをクリックすると——画面に霊園が映しだされる。

寒気が走り、すぐにパソコンを閉じた。

後日、友人にメモをみせると「なんでこんなものをみせるのよ！」とすごい剣幕で怒鳴られた。

文面には読みかたによって現れるメッセージがあったのだ。

# 第五十六話　虫刺され

神　薫

　一人暮らしの濡さんは、借家を住みやすくカスタマイズするため、手始めにトイレに棚を作った。

「トイレタリー用品をしまう目隠し棚が欲しかったんです。賃貸なので、壁をキズ付けないように工夫しました」

　百円ショップで購入した突っ張り棒を張り、おしゃれな布を垂らすと、手作りの棚はそれなりの見た目になった。

「でも、安い布だったので、切りっぱなしの裾から糸がほつれてきたんです」

　あいにく濡さんはミシンを持っていない。数十センチもある布の端を手縫いでかがるのは手間だったので、彼女は糸が目立って来たら、その都度ハサミで切っていた。

「そんなにさわった覚えもないのにやたらほつれてくるんで、何か変だとは思ってました」

　ある日、彼女がトイレの戸を開けると、飛び出した糸から小さな生き物がぶら下がっていた。

　わずか二、三センチの小さな体に四本の足。二本の糸をブランコのように揺らして遊ぶその生き物は、小さな人間にとても良く似ていた。

「それ、布の切れ端みたいな物を身につけていたような気もするんですが、一瞬のことでよく覚えていません」

その生き物は、彼女を威嚇するかのように「ひょう」と鳴いた。ミニチュアサイズの割には大きな声だったという。

彼女は思わず、右手で生き物を払い落とした。

ぽちゃり、と洋式便器の溜まり水に落ちたそれは、ぱちゃぱちゃと飛沫を上げてもがいた。

「そんなことしたかったわけじゃないんですけど、混乱してしまって」

反射的にレバーを引いて、トイレの水を流していた。

「虫か何かを見間違えたということにして、忘れようと思ったんです」

だが、静かにそれは始まった。

「手の甲をやられた時に、アレッ？　て気付きました」

朝起きると、彼女の体のどこかにポチっと赤い点ができているという。

「かゆみはないですね、ほんの少し出血しているだけです。痛みはないので様子を見ていますけど」

針で突いたような傷は、一晩で一カ所のみのこともあれば、数カ所まとめて刺されていることもある。露出した手足から始まり、最近では首や腹、胸など衣服に包まれた部位にまで赤い点が発生している。

何か小さな生き物が、夜間にこっそり刺していくようだ。

彼女はこれを復讐だと思っている。

「あの時トイレに流しちゃったから……ちっちゃな生き物、きっと死んじゃってますよね。その復讐じゃないか、って」

たまに部屋のどこかから、「ひょいひょい」とか「ひゅうひゅう」、「ひゅっひゅっ」という音が聞こえることがある。

「まだ賃貸契約が一年半残ってまして、引っ越すわけにはいかないんです」

ふとした時に、素早く二足歩行する虫のような物が、視界の隅をよぎったりもする。

「命に別状はないので、この程度なら我慢できます。エスカレートしたりしていよいよどうにもならなくなったら、バル●ンでも焚きますよ」

澪さんは、まだその一軒家に住み続けている。

## 第五十七話　強く引かれる

橘　百花

都丸さんはバイクの免許取得を機に、いつもお世話になっている店のツーリング企画に参加することにした。

県境にある峠を越え、その先にある稲荷。そこはちょっとした観光スポットでもある。今回はそこに、初詣《はつもうで》に行こうというのが最終目的だ。

当日、予定通りに店を出発。市道から国道へ。その後、順調に峠まで差し掛かった。

そこには、長いトンネルがある。

中に入り数百メートルほど走ったところで、都丸さんと前の人との間隔がひらいた。慣れない運転で、迷惑をかけるわけにはいかない。少しだけスピードを上げた。しかし体感では更にスピードが落ちたように感じる。メーターを見る限り、そんなことはない。

都丸さんは、集団の中間辺りを走行していた。徐々に後方を走っている人間が、彼を抜き始める。

やはり思っているようなスピードは出ていない。

トンネル内は中間地点辺りまでが、上り坂になっている。そこを通過する頃には、集団の大分後ろを走っていた。

「みんな一体、何キロで走っているんだよ」

追いつきたいが、追い付けない。だからといって、これ以上スピードも出せない。

都丸さんは焦った。

トンネルは中間地点を過ぎると、今度は下り坂になる。その辺りから徐々に、出口が遠くなっていく感覚に陥《おちい》った。身体《からだ》がバイクごと、後方へ強く引っ張られる。背後に吸い込まれるような強い力だ。そのせいで更にスピードが落ちる。こんなことは初めてだが、振り返る余裕がない。

身体を後ろに持って行かれないように、必死にハンドルを握った。仲間達の背中が、ますます遠くなる。そこで嫌な話を思い出した。

この峠にはもう一つ、旧道がある。

そちらにもトンネルがあり、そこは昔から出る。

ただそれは旧道限定の話で、今走っている新道では聞いたことがない。

都丸さんはその手の話が大の苦手。

もし旧道を走る企画だったら、断ったかもしれない。

昔の峠越えは過酷で、命を落とした女性が多いと聞く。だから耳にする話はどれも、女の幽霊の目撃談ばかりだった。

（そんな話、思い出したくない。とにかく捉まりたくない。それだけは嫌だ……）

なぜ新道を走っているのに、自分だけこんな目に遭うのか。

諦めかけたところで、やっとトンネルの出口が見えてきた。

「ああ、助かった」

気が緩《ゆる》んだところで、身体がグンッと前に出る。落ちていたスピードが一気に戻った。

勢い余り、そのまま転倒しそうになる。

――死ぬかもしれない。

最後の最後で冷やりとした。


目的地の稲荷に着くと、仲間達が心配そうに話しかけてきた。

「トンネル内で随分遅かったけど、調子悪かったの？」

本当の事を話す気にもなれず、適当に誤魔化《ごまか》すしかなかった。

# 第五十八話　赤い遊具

小田イ輔

草生《くさふ》したその広場の片隅には、さび付いた遊具が一つだけポツンと立っている。

「九十年代の初め頃までは、結構人が集まる広場だったんだけどねえ」

広場を眺めながらKさんは寂しそうに呟いた。

今では近辺の道路工事に使われる資材が無造作に置かれ、数台のトラックが停まっているだけの場所であるが、九十年代当時は、子供や老人をはじめとして、多くの人間が余暇を過ごしに来る、そんな広場だったそうだ。

「遊具なんかももっと沢山あったんだよ。あそこに建ってるトイレだって、あの頃は付近の住人が当番を決めて掃除してたんだ。賑やかでねえ、子供たちの声が絶えなかった」

広場が廃《すた》れたのにはワケがある。

「子供がね、遊具から転落して亡くなったんだよ。それから遊具の撤去が始まって、子供が集まらなくなったら年寄り連中が占拠するみたいに使いだして、でもその年寄り達ももう亡くなっているか、生きていても広場でスポーツをするような年齢じゃないんだろう……彼らも来なくなって、この有様さ」

――あの遊具の噂、ご存知ですか？

「ああ、人殺しの遊具ってよばれてるんだろ？　だけど実際に事故があったのは別な遊具であって、とっくに撤去されているんだよ。あの遊具は、当時私たちが市に意見して残してもらったものなんだ、子供の遊び場が無くなっちゃうからって掛け合って、何とか残してもらったんだけどね……妙な噂が流れてて……ちょっと悲しいね」

広場の端にある、さび付いた遊具。

ジャングルジムと雲梯《うんてい》を足したようなそれが、日によっては真っ赤に染まって見えるのだという。曰く、それは亡くなった子供の返り血であり、未だに恨みを残してそこに立っている、そういう噂。

「あの遊具も気の毒だ。周りの仲間は全部撤去されたのに、自分だけ残された挙句にそんな噂まで立てられて……沢山の子供たちを楽しませてきたのにね」

ああ、逆かも知れないな、と私は思った。

「あの遊具、未だに子供の事を忘れていないんじゃないですかね？　さび付いてもまだやる気はあって、たまに全盛期のような綺麗な姿で現れて、子供を遊ばせてるんじゃないかなと」

私の弁を聞いたKさんは黙って頷くと、言った。

「時々、子供たちの楽しそうな声が聞こえてくることがあるよ、誰もいない広場からね」

幽霊でも何でも、子供が楽しく遊んでいるんだったら残した価値はあるのかも知れないね。

Kさんと私は、広場を眺めながら耳を澄ました。

# 第五十九話　予告

黒木あるじ

Bさんが、妻と一緒に県外の旅館へ向かっていたときのこと。

目的地めざして車を走らせていると、ふいにダッシュボードに転がしておいた携帯電話がけたたましく鳴った。

画面を見れば、今夜泊まる予定の宿の電話番号が記されている。

「なんだろう、何時に着くんですかって催促かなあ」

「でも、チェックインの時間までにはずいぶん余裕があるよ」

夫婦で首を傾げつつ、Bさんは妻に頼んで携帯電話をスピーカモードにしてもらった。

「はい、もしもし」

「アーッ、アノね、ワタシね、そちラがコンバンおトまリニなるへヤでネ、シニマしタけドおキニナサラズーッ」

それだけ言って、電話は切れた。

性別は解らなかった。甲高《かんだか》い男の声のようでもあり、はしゃいでいる老婆の声のようにも聞こえた。ただ、声の背後で時報のような電子音が鳴り響いていたのは、Bさんも妻も記憶しているという。

　宿について電話の内容を伝えると、フロント係の女性はすぐに奥へと姿を消し、代わって支配人らしき男性が出てきて頭を下げた。

「こちらの手違いで内線が混線したようでして、申し訳ありません」

　何度「さっきの電話の主は誰なのか」「部屋で死んだとはどういうことか」と問い質《ただ》しても、支配人は混戦だと繰り返すばかりで、詳しい説明はしなかった。

「まあ、おかげで豪華な客室へ変更してもらったので、結果オーライではあるんですが……帰ってきてから、内線が携帯電話にかかるなんて有り得ないと気がつきまして」

　現在、Bさんは旅行を計画中の同僚にそれとなく、あの旅館へ泊まるよう勧めている。

「もし、同僚がその部屋に泊まってなにか起こったら、すぐにお知らせしますね」


　幸か不幸か、まだ続報は届いていない。

# 第六十話　祖母の歌

黒　史郎

「母方の祖母が、亡くなる二年ほど前から口ずさんでいた歌です」

赤坂さんは覚えているという一部を歌ってくれた。

おおあずまやの　ぜにだいこ　どっこんどっこ
それ　おーふりかしら　にしさせよい

「どっちかを選ぶ時に《かみさまのいうとおり》ってやるじゃないですか。あれと同じ意味だって祖母はいってました。本当は芋虫《いもむし》をつかまえてやるらしいですけど」

祖母が子供の頃に流行《はや》っていたもので、おはじきやあやとりをしながら口ずさんでいたという。そんな歌をふと思い出したのか、以来、祖母は毎日のように歌っていた。

「僕も弟たちもそれほど気にはなりませんでしたけど、母がかなり怒っちゃって。マジの苦情を祖母にいってました。明け方に歌で起こされるって」

ところが、祖母は歌っていないという。

嘘だといって母親は引かない。しかし、明け方の歌は母親しか聞いておらず、赤坂さんも弟たちも、母親と同じ部屋で寝ている父親でさえも聞いていなかった。

「あんたたちほんと呑気ね。これじゃそのうち御近所から苦情がくるよ、しらないよ」

そんな母親の剣幕に祖母は「じゃあ、寝ぼけて歌ったのかね」と苦笑していたが、それからも何度か母親が血相を変えて文句をいう光景を見たので、しばらく明け方の歌は続いていたのだろう、と赤坂さんはいう。


それから半年ほどで祖母は亡くなり、二階からあの歌が聞こえてくるようになった。

「死んだ当日から歌いだしたんです」

バイトで家にいないことの多い赤坂さんは数えるほどしか耳にしていないが、母親と中学生の妹が頻繁に聞いていた。妹など、わざわざ友達を家に連れてきて歌を聞かせようとしていたが、友達にも聞こえたのか、聞こえたならどんな反応を見せたのか、赤坂さんは知らないという。

ここまで聞こえてしまうと不思議なもので、それが普通になってしまう。「祖母は成仏が嫌で、まだ家にいるんだろう」家ではそんな話になっていたが、それでは済まない疑問もあった。

なぜ二階なのか。別に祖母の部屋が二階にあったわけではない。祖母は二階へ上がったことなどほとんどないはずだという。　もう一つの疑問。

声は、誰のものか。歌声は祖母のものではなく、子供にしか聞こえない。

「母は自分の親なのに気味が悪い気味が悪いって、しきりに階段へ塩をまいてました」

ある日曜の朝、祖母の幼馴染《おさななじみ》だという女性から電話がかかってきた。

訃報は届いていたが、その頃は入院していたので葬儀に行けなかった。線香だけでもあげさせてほしいと。

同日の午後に訪ねてきた幼なじみの女性は、一時間ほど祖母の仏前で手を合わせた。母親がお茶などを出して祖母の昔話などを聞いていると、二階から例の歌が聞こえてきた。

女の子がいるんですかと訊ねられたので母親が事情を説明すると、これといって驚く素振りも見せず、声が祖母の小さい頃にそっくりだといって嬉しそうに帰っていった。

ある日の明け方、仏壇のリンが鳴った。

その音は、家族全員が聞いていた。

それ以来、誰も祖母の歌を聞いていない。

# 第六十一話〈ひとくち怪談〉ものもらい

平山夢明

子供の頃、町内会の行事で〈地蔵堂〉を洗わされたのだという。堂と云っても大人がふたりで抱えてしまえるほどの小さな物だった。黴《かび》や埃《ほこり》を落としていると目が痒くなった。そして、それはそのまま瞼《まぶた》を大きく腫らしてしまい、医師に〈ものもらい〉であると診断された。彼女はそれから十日ほど眼帯をすることとなった。

地蔵さまの祟りだと囃《はや》すのも居、自分でも情けなくなった。

明日には眼帯が外れるという日の夕方、母と買い物に行った。八百屋で品定めをする母を待っていると銭湯の入口で小さな男の子が手招きしている。とても良い笑顔でニコニコと招く。気になって近づくとその子は銭湯のなかに入っていった。男の子の居たところに紙切れが落ちていた。何気なく拾ってポケットにしまい、そのまま忘れていた。が、洗濯時に母が取り出し騒ぎとなった。十万円の当たりくじだったという。

初めての自転車を買って貰えたという。

# 第六十二話　子供部屋

つくね乱蔵

西川さんの祖母の家には、封印された部屋がある。

一見、何の変哲も無い部屋なのだが、そこで寝ると夜中に子供が遊び回るというのだ。

深夜二時きっかりに始まり、夜明け直前まで暴れ回って寝かさないらしい。

酒の席でその話をしたところ、大久保が食いついてきた。

一度そういうのを見てみたかった、その程度なら大丈夫そうだと興味津々である。

外から見るだけでもと懇願され、西川さんは渋々、祖母に訊ねてみた。

「物好きやなぁ、構わんよ。何も無いとは思うけど」

意外にもあっさりとした返事である。

その週末、西川さんは大喜びする大久保を乗せて実家へ向かった。

呆れ顔で出迎える祖母に肴を頼み、とりあえずの酒宴が始まった。

久しぶりの祖母の家である。西川さんはゆっくりしたかったのだが、大久保がそうはさせない。

早く見せろと繰り返す。西川さんは苦笑を浮かべ、件《くだん》の部屋に案内した。

「これがその部屋か。よし、早速布団を」

酒宴の続きはこの部屋でとなった。先に寝た祖母を起こさぬよう、ひそひそと馬鹿話を続けるうち、二人もいつしか眠っていた。

その夜、何かが走り回る音で西川さんは目が覚めた。

枕元の時計は二時を指している。もう一度、足音が布団の周りを走り回った。

軽い足音だが、何人もいるようだ。さすがに怖くなり、西川さんは頭から布団をかぶって丸くなった。

が、大久保は寝ぼけているようで、あれほど楽しみにしていたにも関わらず、うるさいと怒鳴《どな》りつけた。

怒鳴りつけるだけでは飽き足らないのか、寝ながら手足を振り回している気配がした。

そば殻の枕を掴む音も聞こえる。どうやら投げつけたようだ。

その瞬間、部屋中に子供達の声が湧きあがった。

「やったな」「こいつだ」「仕返しだ」「やっちまえ」

その声に混じって大久保の悲鳴が聞こえる。西川さんは、布団の隙間から恐る恐る様子を伺ってみた。

大久保に沢山の子供達が群がっていた。

全員が古びた着物を着ていたという。

子供達は大久保の腹に小さな手を突っ込んでいる。

その都度、大久保は悲鳴をあげていた。子供達は朝までそれを繰り返し、空がほんのりと明るくなる頃、唐突に消えた。

目覚めると同時に、大久保は血を吐いて病院に運ばれた。

胃の内壁に無数の傷がついていたという。

# 第六十三話　新人たち

我妻俊樹

新人のOLだった伸子さんは先輩たちに連れられて飲み歩き、ついはしゃいで破目を外して泥酔していたらいつのまにかはぐれて一人になっていた。

屋外だということはわかるが、周囲は見上げるほど高い塀のようなもので囲まれていて、見えるのは四角く切り取られた星空だけ。

ここはどこだろうと思いながら塀沿いを歩いていくと、やがてなんとなくにぎやかな場所に出た。人がたくさんいるらしいのは音や気配でわかるが、どこを見ればその人たちがいるのかわからない。きょろきょろと首を振っているうちに誤って塀に思い切り頭をぶつけてしまい、伸子さんはそのまま気を失った。

気がつくと周囲はすでにうっすらと明るくなっていた。

彼女が横たわっていたのは墓地の片隅、墓石と塀のわずかな隙間のような場所だった。

塀はかなり低く、近所の民家やマンションがすぐ近くに迫っていたそうである。

康昌さんが新入社員の頃にはひどい酒飲みの上司がいて、連日のように明け方近くまで飲み歩いていた。

その上司に連れられてある晩とあるバーで飲んでいると、店に入ってきた女の客が急に悲鳴を上げて出て行ってしまった。

ぽかんとしている康昌さんに対し、その上司は笑いながら肩を叩いてぐっと顔を近づけてきた。そして小声でこんなことを言う。

「気がついたか？　今の女、おれを見て逃げたんだぞ」

店で飲んでいるときが多いそうだが、彼の姿を見てあんな反応をする人がしばしばいるのだという。後で店員などを介して何人かに確かめたところ、まるで半人半獣の化け物が座っているように見えて逃げ出した、とみんな口を揃えていたというのだ。

そんなことをさも自慢げに部下に話す理由がよくわからないが、康昌さんは感心したふりをして「すごいですねえ、さすが××さんですねえ」と上司にごまを擂《す》っておいた。

ちなみに同じ職場にいた霊感の強い女性社員の話によると、その上司には人を何人も襲ったのち猟師に撃ち殺されたヒグマの霊が取り憑いていたらしい。

つまり半人半獣に見えたというのは、当人が熊の霊に食われかけていた姿なのだろう。

上司はその後肝臓を悪くして休職し、復帰できないまま亡くなってしまった。

# 第六十四話　骸小路《むくろこうじ》

明神ちさと

「当然〈袋《ふくろ》小路〉のモジリでしょう。江戸のブラックユーモアですって？　それならいいんですけどね」

須藤さんが語る通りの名は、かつて〈骸小路〉と呼ばれていたらしい。

「行き止まりで人が死んだり殺されたりしたからか、行き倒れの遺体を収容する施設でもあったのか、あるいは骸——つまり死者に通せんぼうされるからなのか……もちろん現在は違う地名に変わっています」

——もはや富士山を眺めることのできなくなった富士見坂の名が変わるように、死と縁の切れた土地に骸の名は当てはまらないからか？　私の問いに、彼は次のように答えた。

「いや、単に住宅地としてのイメージが悪いからです。それに——あの土地と死との縁は、まだ切れていないようですよ。ちょっと調べてみたんですけどね」

須藤さんの話によると、記録をさかのぼれる戦後から現在に至る七十年弱の間に、その場所では数多くの事件や事故、霊的なものの目撃事件が多数発生しているという。

「やっぱりそういった出来事の集中する土地というのは、我々の目には見えない〈結界〉

のようなものがあるんじゃないですかね。と言っても決して怨霊みたいなものじゃなくて、もっと科学的な要因が人間の脳——視覚や聴覚、心拍数や神経の興奮なんかに影響を与えてるとか。磁場とか風通しとか色彩とか音響とか放射線とかといったような要因がね」

その例として、須藤さんは同地で発生する幽霊の目撃談を挙げた。

「ここで噂になる幽霊というのは、全て目撃者と性別が同じなんですよ。男声が女性の、女性が男性の幽霊を見たという報告はないんです。あくまで騒ぎになった目撃例に限ってですけど、確率的に極めて珍しいことだとは思いませんか?」

これはひょっとしたら、通りを歩く自分の姿がタイムラグで見えた結果ではないかと須藤さんは疑っているらしい。

「外的要因による視覚信号の伝達のズレですよ。実際の体は十数メートル先を歩いているのに、意識だけが遅れて後をついていく形になっている。幽霊の正体は数分後の自分です。だから、目撃者と性別が同じだし、振り向いて幽霊を見たという事例がない」

それからしばらく後に再会した時、研究の進展があったかと私は彼に訊ねた。この間のように明晰な解釈が聞けると期待していたのだが、なぜかその時、須藤さんは浮かない表情をしていた。会話も妙に歯切れが悪い。何かあったのかと訊ねると、あの後、新しい発見があったのだが、それが彼の仮説を揺るがしているのだという。

「あの土地の因縁《いんねん》を示す戦前、戦中の資料が見つかったんですよ。一つは大正十二年の関東大震災の、もう一つは昭和二十年の東京大空襲に関わるものです」

彼の話によると、その双方にわたり、例の通りに面したエリアは、犠牲者の亡骸《なきがら》が一時集めて置かれたのだという。

「埋葬するまでの一時期だったらしいですが、どちらも数が数でしょう。積み上げられた遺体の山の悲惨さと臭気によって、通行人は回れ右をして逃げ帰ったとあります。とてもその横を通りぬけることはできなかったのでしょう。通せんぼうされたみたいにね」

あの土地に霊的な要因はないと言い切っていた須藤さんも、このことでさすがに考え込んでしまったのだと言う。

「現実に恨みや苦しみの残留思念ってあるんですかね？　あの土地は何かそういった悲劇の起きやすい〈忌《い》み地〉だったとか……。江戸以前にも、何かあったのかなぁ？　骸小路という地名は、この土地に近付くなという警鐘《けいしょう》だったのでしょうか？　とすれば、イメージも大切ですが、古来より伝わるその土地の地名に我々はもっと敬意を払うべきかも知れませんねぇ」

――それから私たちの話題は、先に広島県で起きた土砂崩れと地名の関係へと移った。

## 第六十五話　石

伊計　翼

ごろごろとちいさな石がいくつも転がっていく夢で目が覚めた。

起きてからも、どうしてこの数日、同じ夢ばかりみるのかとYさんは考えた。

思いあたるものはないか。

ちいさな石、石、ちいさい石、いや、逆に大きな石はどうだろう。転がる、ごろごろと転がっていく音、音、石はいつ止まるのか、石の先は平らな地面か。それともなにかにぶつかって止まるのか、転がる石、落ちる石、石の先には——。

「……そうかッ！」

すぐにYさんは両親に電話をかけた。

山で落石事故によって亡くなった、兄の命日が近づいているのを思いだしたのだ。

# 第六十六話
# 絶賛分譲中

神　薫

松井君と同級生だったS君が、二十代の若さで亡くなった。

自殺ゆえか、S君の葬儀は家族のみでひっそりと営まれた。

「俺ら、高校卒業後は忙しさもあって、Sと疎遠になっていたんです。あいつが悩んでたこととか、全然知らなかった。せめてもの償いに、〈命日に追悼会を〉しようということになって、Sと特に仲が良かったやつ六人でお墓参りに行くことにしました」

命日当日、有志一同がレンタカーで霊園に到着した時には、午後八時を過ぎていた。

「全員の仕事が終わってから集まったので、とっぷり暗くなってしまいました」

警備員に断ってから霊園の駐車場に車を停め、S家の墓を探す。前もってご両親から角地だと聞いてあったため、案外容易に見つけることができた。

S家の墓に花と線香を手向けていると、ざわざわと濃厚な人の気配が周囲にあった。

「俺らの他にも、夜にお墓参りする人っているんだなぁ」

仲間の言葉に松井君が顔を上げると、十人を越える人々がS家の墓地の周辺に集まっている。それは喪服らしき黒ずくめの団体で、タキシード姿の係員が静かに付き添っていた。

「もう九時近くなのに、ここはサービスのいい霊園だねって、みんなで話していたんです」

数日後、松井君は仕事の関係で、その霊園に勤める人と話す機会を得た。

命日に見たサービスを褒めたところ、相手は怪訝そうな顔をした。

「ええと、うちは〈夜間帯のお墓参りサービス〉なんて、やっておりませんが？」

タキシード姿の係員も付き添っていて、と松井君から説明しても彼は話にのってこない。

「いやいやいや、どこか他のところとお間違えなんじゃないですか。スーツならともかく、うちにはタキシードの係員なんておりませんしねぇ」

埒が明かないので、松井君はその場で白い紙に霊園のマップを描き起こした。

「ここに友人の墓がありまして。タキシードの人と団体さんはこの辺りにいたのですが」

松井君が図を用いて説明したところ、彼は〈はっ〉と何かに気付いたようだった。

「そこには誰も来るわけがない。分譲中の空き墓ですから、今、そこは更地なんですよ」

狐につままれたような気分で、松井君はその夜、命日の墓参に同行した友人に電話をかけた。「団体さん、確かにいたよな」と確認すると、友人はこう言った。

「あの霊園さぁ、辺鄙《へんぴ》なところにあるじゃん？　もうバスも終わってて車しか交通手段がないってのに、駐車場にあったのは、俺らの車だけだったよな……」

黒ずくめの団体が目撃された場所は一向に売れず、いまだに分譲中である。

# 第六十七話　ゆらゆらと

橘　百花

香純さんは、一人旅に出かけた。

宿泊先の宿は、繁華街から離れた場所にある。

食事のできる一番近い店までも、若干の距離があった。

宿での夕食後、少し外に出たいと思った彼女は、宿の主人に自転車を借りた。

慣れない道に不安を感じながら自転車を漕いでいると、少し離れた場所に男が立っているのが見えた。

身体《からだ》はセピア色で、向こうが透けている。

全体的に痛んだ印象で、足りない部位がある。

男はゆっくりと体を左右に振りながら、彼女の方を向いていた。

虚ろなその目は彼女を捉えてはおらず、遠くを見つめている。

(あれは戦争で、犠牲になった人ではないだろうか)

ここはそういう土地なので、見えても不思議ではない。むしろ誰にでも見えるものなのではないか。

男はその場から動こうとはしなかった。

見えたとして、彼女にはどうすることも出来ない。

その場を静かに、邪魔しないように走り抜けるしかなかった。

戻ってから、宿の主人に少しだけその話をした。

「時と共に薄くなって、いつかいなくなるのでしょうか」

――主人の答えは否。

香純さんは何も言葉を返せなかった。

# 第六十八話　延焼

黒木あるじ

お母さん（階段から足を滑らせて踵《かかと》を骨折）
お父さん（脇見運転に追突され、踝《くるぶし》を骨折）
親友で同級生のB君（塾帰りに転倒、臑《すね》を骨折）
高校時代の恋人（自転車でトラックと接触、両足の骨を折る大怪我）
大学時代の恋人（バイト中に倉庫で荷物の下敷きになり足首を骨折。翌年には階段で転び、足の甲《こう》にひびが入る）
アパートの隣人（恋人と痴話喧嘩の際、投げられた置き時計が当たって膝《ひざ》の軟骨にひび）
大学時代の恩師（帰宅途中に自動車同士で正面衝突、両足の骨を粉砕骨折）
バイト先の店長（就寝中に本棚が倒れ、左足の指三本を挫滅《ざめつ》）
会社の同僚A（スキー場で転倒、岩場に打ちつけて右足首から下を切断）
会社の同僚B（釣りに赴いた際、埠頭から落ちてテトラポットに強打。恥骨《ちこつ》骨折）
妻（入籍翌日にマイカーの自損事故で右足を著しく損傷、現在は義足）

以上、C君が中学三年生のとき、亡くなった祖母の骨上げの際にこっそり足（の一部と思われる）骨を失敬して以降、彼の周囲で発生した事故の一覧である。

なお、当のC君は今にいたるまで、一度も怪我や骨折の憂き目にあった経験はない。

# 第六十九話
# 頷《うなず》き

小田イ輔

ある夜の事。

Uさんは妙な音が聞こえる事に気付いて目を覚ました。

『うん、うん……』と誰かが相槌《あいづち》を打つような声が断続的に聞こえてくる。

誰だろう、この家には自分しか居ないはずなのに……。

目を開けると、ベッドの上にお面が浮いていた。

子供の顔をかたどった、子供サイズの〝お面〟。

亡くなった親戚のコレクションの一つであったが、形見分けの際に誰もが気味悪がり、遺族も手元に置きたくはないということでUさんが譲り受けたものだった。

子供にしては、すましたような静かな表情が気に入っていたという。

『うん…うん…』

声はまだ聞こえてくる、目の前のお面が発するものなのだろうか、何かを興味深げに聞いているというような相槌。

——あれ？

明らかに異常な状況にも関わらず、あまりにも冷静に状況を捉えている自分に逆に戦慄したそうだ。

――おかしいぞ、何で怖くないんだ。

『うん、うん』

「うん、うん……」

気付けば、相槌を打っていたのは自分だった。

――あれ？　何で？

「うん、うん」

自分の意に反して、口が勝手にうなずきを返している。

体は硬直したようになり、動かせなかった。

誰に対して、何に対して返答をしているのか、Uさん自身にも分からない。

「うん……」

頷きが止まる。

Uさんが意図して止めたわけではない、すると――。

「おほほほほほほほほ」

自分の口から、これまで発した事のないような声色で聞こえた。

まるで、女性が歓喜するようなそんな声。

瞬間、飛び起きて電気をつける。
机の上には、さっきまで浮いていたお面。
無表情だったソレは何故か笑っているように見えた。

翌日、親戚宛に面を送り返したという。
「焼いたり捨てたりできたと思うんだけど、それをするとかえってヤバいんじゃないかって、あれは面として、その中に収まってなきゃならないものなんじゃないかと直感したんだ」

その後、面は親戚の手を離れ、今は行方知れずになっている。

# 第七十話 〈ひとくち怪談〉ミント

平山夢明

ひとり暮らしの頃、ミントという名の猫を飼っていた。

ある時から彼女が帰ってもミントが近寄らなくなった。客が驚くほど人なつっこい猫であり、とても寂しがり屋だったのに。手を伸ばすと毛を逆立てて威嚇し、それでもとやると引っ掻くような真似をする。

病院では体の具合は悪くないという。しかも、昼間は以前のミントのままである。

ある夜、帰宅すると部屋の真ん中でミントが死んでいた。

びっくりして悲鳴を上げたはずが、ゲタゲタという笑い声になった。

窓ガラスに自分と、その後ろに知らない女が映っていた。

# 第七十一話
# 絵画の女

つくね乱蔵

中学に入って間もない頃、西沢さんはある雑誌の読者コーナーで見つけた相手と文通をしていたという。

一週間に一度、好きな物を描いて見せ合う絵の文通だ。

絵を描くのが好きな西沢さんにとって、何よりも楽しい趣味であった。

文通の相手は、北陸地方に住む安藤由美という中学生である。

由美は漫画の主人公をよく描いてきたのだが、ある日を境に女の絵を送るようになってきた。

真正面を向き、手にナイフを持っている女だ。

それまでの絵とは根本的に異なる、何とも生々しいタッチである。

ホラー映画のヒロインとでも言った方が良さそうなその絵には、いつもなら長々と付いている説明文が一切無かった。

あまりにも薄気味悪い絵に驚いた西沢さんは、反発して徹底的にふざけた絵を送り返した。

その翌週、また同じ女性の絵が送られてきた。

今回はポーズが少し違っており、女性はナイフを振りかざしていた。

稚拙な絵だが、それだけに異様な迫力があったという。

薄気味悪さよりも嫌悪感が増してきた西沢さんは、その時を最後にして一方的に文通を止めた。

だが、それでも構わず、由美は絵を送り続けてきた。

絵の中の女性は、いつしか血塗《ちまみ》れになっていた。

父親の転勤で西沢さんが引っ越さなければ、その後もずっと送られていたかもしれない。

西沢さんはその時の絵を封筒に入れてまだ保管しているそうだ。

二十年ぶりに封筒から出して見せてもらったが、確かに異様な絵であった。

その時、一つ気になることを発見した。一番最後の封筒には消印が捺《お》されてないのだ。

直接、投函されたものと思われた。

西沢さんも言われるまで気づかなかったらしい。

つい先日、西沢さんから連絡が入った。

かなり怯えている様子であった。

自宅の近所で、絵とそっくりの女性を見かけたそうである。

# 第七十二話　あっちの四人

我妻俊樹

片山家では毎年大晦日《おおみそか》の日には近所の川原へ家族で出かけ、一年の反省を語り合いながら石ころを百八つ川に投げ込む、という恒例行事があった。

先祖から代々伝わる由緒正しい行事と聞いていたのだが、協子さんがいつか叔父に話したら「そんなの知らない」と言われたそうだから、単に父親による思いつきのイベントだったのかもしれない。

ある年の大晦日、協子さんが一足早く河川敷に着いて水の流れを見ていると、「ぽちゃん」と音がして川の真ん中あたりで水が跳ねた。

何だろうと思って顔を上げると、向こう岸に人影があって誰かが石を投げ込んでいるのが見えた。

人影は全部で四人いて、両親と女の子二人という家族のようだった。

うちと同じことをしてる一家がいるのかな、と協子さんはちょっと驚いて眺めていた。

家族構成も片山家と同じだ。これまで大晦日に他の人たちとここで「石投げ」が鉢合わせしたことはない。

距離があるので声は聞こえないが、楽しそうに何か話しながら順番に石を投げ込んでいるようだ。

しゃがみ込んだ姿勢でそれを眺めながら、うちのみんなは遅いなあと思ってちらちらと土手の方を見遣った。

対岸の石投げの方はかなり進み、そろそろ百八つに達する頃ではないかと思った。

水音がしばらくなかったので視線を向けると、四人は流れに背を向けて帰っていくところだった。

背の高いほうの女の子、つまり片山家でいえば協子さんにあたる子がちらっと振り返り、何か奇妙なしぐさを見せた。

その瞬間「ぱちん」と音がして何かが足元に落ちた。拾い上げると灰色のボタンの欠片で、見れば協子さんのシャツの前を留めるボタンが、すべて半分に割れていた。

ぞっとして顔を上げたが四人はもうどこにもいなかった。

そもそも向こう岸は狭い川原からすぐ切り立った崖になっており、簡単に人が川べりに下りられるような地形ではないのだ。

そのことに気づくと協子さんは青くなって家に駆け込み、すべてを家族に話した。そのため恒例の行事は急遽中止となり、以来再開されないままで二十年が経っている。

# 第七十三話　クラゲ、そしてアシカ

明神ちさと

私にこの話を聞かせたのはXという人物だ。彼は特にアジアのアンダーグラウンドの話題が豊富だった。彼から聞いた話は別の本にも書いたことがあるから「ああ、あの人物か」と気付く方もいるだろう。目を覆《おお》う惨《むご》たらしい話ばかりだが、それを作り話と思わせない、自身もそうした闇の一部なのだと言わんばかりの不気味さをXは漂わせていた。

「組織の拷問なんて、シャブで頭のイカれた連中にやらせてるって思うだろ？　それが違うんだ。今はちゃんと資格をもった――でもどっか痛いところをつかまれちまってる医者が、リンチのために駆り出される時代なんだよ。だから相手をショック死させちまうような頭の悪い拷問なんて、よほどの僻地《へきち》にしか残ってない」

プロの医者が手がけるから〈半殺し〉などという微妙なさじ加減も自由自在である。やろうと思えば四肢《しし》はもちろん、臓器の五十〜七十パーセントを切り離した状態でも対象を生かしておくことができるらしい。

「自分の体が手も脚も、内臓のほとんども奪われた革袋みたいにされていくのを生きて見せられるんだ。はっきりとした意識の中でな。そりゃキツいだろ？　キツいよな？　そう思うだろ、え？」

そうした最新医療拷問の中で、Xが見た一番キツかったものは〈クラゲ〉だと言う。

「早い話が生かしたまま下顎《あご》と四肢《しし》の骨を抜いちまうんだ」

骨抜き手術を施された者は、引っ張ったり捻ったり潰したりして楽しむ『虐《いじ》め人形』にされてしまう。

「ほら、ストレス発散用のエゲツない玩具《おもちゃ》があるだろう？　あれだよ」

これは口を割らせるための拷問とは違い、純粋な拷問のための拷問——恨みを晴らしたり見せしめにするためのものだという。

「顎と手脚の骨以外は手つかずだからな、結構保《も》つんだ。だけどさ——苦痛が長い分恨みも深いんだろう。死ぬとかなりの確率でこっちになりやがる」

彼は胸の前に両手を垂らして見せた。

「最初はアシカかと思ったんだ。何でビルの地下にアシカがいるんだ？　って良く見たら、ちょっとヒレが長過ぎる」

細長いヒレをした肌色のアシカは、アウアウと喚《わめ》きながら通路を這っている。Xが動けずにいると、気配を感じたのか、かなりの速さで這い寄って来た。

「すぐそばまで来たから、そいつの正体はわかった。潤《うる》んだ瞳が血走って、動きに合わせて垂れた下顎が揺れてるのまでハッキリ見えた。まぁあれから更に時間が経ってるからな。アシカの数も水族館レベルまで増えてるんじゃねぇか？　それとも全身の骨を――頭蓋骨も、肋骨《ろっこつ》も腰骨も全部抜けるようになってたりしてな。あはは、さすがにそれじゃ死んじまうか、え？」

誘拐の末、これ以上無いような惨たらしさで殺害された某著名人の家族にも、実はこの拷問がくわえられていたのだとXは言った。

その後、ネット上に散逸《さんいつ》する同事件に関する情報を渉猟《しょうりょう》したが、どこにもそんな記述は見つからない。それが逆に私の心を重く沈ませた。

# 第七十四話　慣れる

伊計　翼

大阪市在住のN谷さんの話である。
家でひとり、食事をしていると真後ろにひとの気配を感じる。
もちろん、ふりかえってもなにもない。
風呂にはいるとバスルームの外から、こどもの泣き声が聞こえてくる。
もちろん、確かめても誰もいない。
眠っていると唸《うな》り声で起こされて、目を開くと天井に老人が貼りついている。
もちろん、夢だと思った瞬間、老人が落ちてきて「くやしい」と首を絞めてくる。
汗だくで朝をむかえて（夢か……いい加減に慣れなきゃな）と洗面所にいった。
痛みを感じたので鏡をみると、首に手形がくっきりとついている。
（やっぱ無理やわ。今日で辞めよ）
闇金の仕事を辞めたその日から、現象は一切なくなった。

# 第七十五話　水猫

神　薫

山崎さんの愛猫、ミィが姿を消した。

いつものように散歩に出ただけと思っていたのに、それきり帰って来ない。自由で気まぐれな猫のこと、いつかふらりと戻って来ると信じてはいたが、交通事故に遭ってはいないか、誰かにいじめられてはいないかと、飼い主としては気が気ではなかった。

「今日も帰って来なかったな、明日は帰って来るかなぁって、毎日ため息ばかりでした」

保健所の保護猫リストに愛猫の姿を探すなど、ネットサーフィンするうちに、彼女は〈迷子猫が帰って来るおまじない〉を見つけた。

「百人一首の〈たちわかれ　いなばの山の峰におふる　まつとしきかば　今帰り来む〉って歌を使うおまじないで、上の句を書いた紙を愛猫の食器の下に置くんです」

それは、中納言行平の恋歌を基にして、恋人を飼い主、遠くへ行く詠《よ》み人を猫に見立てて帰還を祈るおまじないだった。

「朝にそのおまじないをして、夜見てみたら、ミィの食器がひっくり返っていたんです」

しかも、食器の近くに水気はないのに、何故か点々と水滴がこぼれている——いや、山崎さんの眼前で、ぽと、ぽと、と水滴のスタンプが次々フローリングの床に押されていく。濡れた足跡は彼女の前で止まり、それきりになった。

後ろ脚を少しだけ引きずる歩き方は、ミィのそれに違いなかった。

「ミィが死んじゃった、魂になって帰って来た、って泣きながら実家に電話したんです」

実家の母親は〈教えられた通り、水場を探してみなさい〉と言う。

近所の水場を重点的に探して、彼女はミィを見つけた。

彼女の住むアパートに近い水場、コンクリートで囲まれた狭くて小さな側溝に、ぐったりしたミィがはまり込んでいた。

「ミィ!」と呼びかけると、汚水に浸かった猫が弱々しく体を震わせた。生きている!

側溝から救出されたミィは、皮の下に骨がごつごつ出っ張る程やせて衰弱していたが、手厚い看護により一命をとりとめた。

「〈水で知らせがあったから、水死だよ〉と母に言われて覚悟してたんですが、生きててくれて本当に良かったです」

元気を取り戻したミィを抱っこして、山崎さんは微笑《ほほえ》んだ。

# 第七十六話　壁

橘　百花

昌子さんの父親は、彼女が幼い時に病死した。

それから母は、女手一つで彼女を育てた。


父親は残された二人に、小さな家とアパートを残した。二つは並んで建てられている。入口はそれぞれ別で、二世帯住宅に似ていた。

自宅の寝室には一か所、他より若干壁の薄い場所がある。

これは彼女が大人になり結婚したら、その壁を壊し隣のアパートと繋げられるように。広い家に出来ればと、父親が考えてそうしたのだ。


母は彼女に対し、厳しく躾《しつ》けた。

見たいテレビ番組も母の許可が必要。流行のものは買ってもらえない。

「父のような立派な人になって欲しいの」

余計なものを排除することで母は安心しているようだったし、不満もなかった。

高校進学も公立で一番レベルの高いところを選び、単願受験した。経済的な理由もあるが、そこは死んだ父と同じ出身校になる。落ちた場合の事は考えず、必死に勉強した。

無事に合格した時の母の笑顔は今も忘れられない。

そんな彼女が家を出たのは、社会人なってすぐだ。

母親が嫌いになったわけではない。

あの家にいたくないと思った。それだけの理由だ。


夜中、話し声で目が覚めた。寒い季節の事だ。

母があの薄い壁の前に正座して、何か話している。

二人は同じ部屋に布団を並べて寝ていた。

そんなところにいたら風邪を引いてしまうに違いない。横になったまま何かあったのかと声をかけようとした。

母は頻《しき》りに頷きながら、口元に手を当てて穏やかに笑っている。

いつもと変わらない笑い方。とても楽しそうだ。

——相手はあの壁の向こうにいるのか。

いくら薄いとはいえ、そんな会話の仕方など有りえない。

寝ぼけてひとり言を言っている風でもない。
母が頷《うなず》く度に、何か黒い靄《もや》のようなものが重なる。
楽しそうにしている母が、黒く沈んで見えた。
「昌子ちゃんは、このまま……」
母は見えない話し相手の事を、確かにそう呼んだ。語尾はよく聞こえなかった。
(自分と同じ名前の、ソレはなんだ)
もしかしたら死んだ父と話しているのではという、淡い期待はあっという間に崩れた。

母が自分に依存しているのは構わないが、得体の知れない者とは暮らせない。
壁の向こうはアパートの一室になる。
そこはずっと空室にしており、あえて貸していない。
それを決めたのは母で、実行したのもそうだ。

あそこの壁は、薄いから――。
彼女の知る限り、他に明確な理由はない。

# 第七十七話　夕暮れの煙突

小田イ輔

Gが小学生の頃、学校の帰りに妙なものを見つけた。

「煙突みたいなのが立ってたんだ、空き地に」

町はずれにあるその空き地は、登下校の近道として近隣の小学生がよく利用する道に面していた。有刺鉄線でフェンスが張られており、子供たちが出入りできる場所ではなかった。

そこに学校の高さぐらいの、煙突らしきものが聳《そび》え立っていたという。

「朝に通りがかった時には無かったから、学校に居る間に立ったんだろうなと」

一緒に下校していた友達が「これはボーリング調査のやつだよ」と訳知り顔で言う。

「当時はボーリング調査なんて知らなかったし、そうなんだって思ってたけど、今思い出すと明らかに違うんだ。何より煙突の上からは煙が出ていたもの」

煙は、夕日に照らされて赤くなったり緑になったり、七色に変化していた。

「『ボーリング調査だ』って言った奴が『あれは地下のガスが出てきているから』なんて言ってたけど、七色に変化するガスなんて無いだろ？」

それでも当時はそんなものかと思っていたとGは言う。

「まぁ、ちょっと不思議には思ってたんだ。その後も何度かその煙突を見ているんだけど朝の登校時には何にも無いんだよ、必ず夕方の下校時に空き地に立っていて、煙を噴いてる」

一緒に下校していた友人たちと、煙突から出る煙を見て「ガスって綺麗なんだな」などと語り合っていた。

「キラキラって色が変わって、ホント綺麗だったんだけど、何ていうか見ていると切ないような何とも言えない気持ちになるんだ。泣きたくなるから皆といる時は出来るだけ煙は見ないようにしていたぐらい」

しばらく月日が経って、Gが高校生になってからの事。

「その空き地で死体が見つかった。完全に白骨化していて何処の誰の骨なのか手掛かりになるようなものも無かったって」

その死体が空き地に埋められたのは、六〜七年前だと推定されたそうだ。

「だから、そういえばあそこに煙突立ってたよなって。当時の同級生と盛り上がったんだ」

遺体と、あの煙突の因果関係は不明。

ただ、あの時あの空き地で、七色の煙を噴く煙突を彼らは目撃しており、そしてその煙突は淡い記憶とともにその実在すら曖昧《あいまい》になっている。

「ホントに立ってたのかも知れないし、何か不思議なものだったのかも知れない。でももう確かめるすべはないし、全部は思い出の彼方だな」

懐かしそうにそう言ったGは、少し黙ってから続けた。

「あれ、煙突から出ていたガスな。幽霊っていうか魂っていうかそういうものだったのかもなとも思う。ああいう〝悲しい綺麗さ〟を、俺はあれ以来感じた事が無い」

# 第七十八話　初詣《はつもうで》

黒木あるじ

　ある年の正月、Jさんはボーイフレンドと一緒に初詣へ出かけた。向かったのは、元日のニュースでよく中継場所に使われる有名な神社であったそうだ。

　人混みに並ぶことおよそ一時間半。ようやく賽銭《さいせん》箱の前へ辿り着いたふたりは、さっそく願をかけようと小銭を取りだし、賽銭箱へと放り投げた。

　ところがボーイフレンドの投げる硬貨だけ、何度やっても賽銭箱にうまく入らない。距離が足りないわけではない。現にJさんをはじめ周囲の参拝客が放った小銭は、軽やかな音を立てて次々と賽銭箱のなかへ消えている。

　五円、十円、五十円。投げ続けていくうち、とうとう手持ちの小銭がなくなってしまった。

「なんだか、厭な年明けだなあ」

　そう笑いあった二日後、ボーイフレンドは失踪する。

　部屋には、作りかけのグラタンと、充電中の携帯電話が残されていた。

「警察も捜査しているんですが、いまのところ手がかりはないとの話でした。ただ……失踪してから数日後、彼にそっくりな服装の男性を同級生の女の子が目撃していたんです」

男性は、ボーイフレンドと同じコートと帽子を身につけており、身の丈や目鼻立ちも彼にそっくりだったらしい。

しかし、その風貌はどう見ても七十歳前後の老人にしか見えなかったのだという。

ちなみに、目撃された場所はふたりが足を運んだあの神社の境内であったそうだ。

# 第七十九話　食堂部奇譚

黒　史郎

衣笠くんは高校時代、《食堂部》に所属していた。

正式な部活ではない。放課後、食堂に集まって騒いでいるだけで、誰かがいつの間にか部名を付けていた。

はじめは同じ中学を出た四人のみだったが、それぞれがクラスで仲の良い生徒を誘い、さらにその生徒が友人や先輩を連れてきて、いつのまにやら科や学年を跨《また》いだちょっとした交流会のようになった。

「多いときは二十人以上いました。日常系ラノベに出てきそうな部活でしょ。食堂のおばちゃんも協力的でお茶とか出してくれました。でも、三ヶ月くらいで解散しました」

解散の理由は幽霊であるという。

ある日の放課後、いつものように集まってワイワイやっていると、誰の会話にも入らず、黙って天井を見上げている男子がいる。最初は誰も気にしなかったが、次第にあちこちの席で「あの子だれ？」となった。

その男子は自分たちのグループの隅に座っている。関係のない生徒なら、何百席もある食堂の中、他に座る場所はあるだろう。連れてこられたはいいが、退屈してしまっているのか。隣の生徒は彼にずっと背中を向けて別の生徒と話しこんでいる。見ていると会話どころか誰とも目も合わそうとしない。話かけた方がいいかなぁと見ていたら気がつくといなくなっていたので、衣笠くんはみんなの会話を割って「さっきそこにいた人だれ?」と訊いた。

誰の知り合いでもなかった。

幽霊じゃないの、誰かがいうと女子たちが騒ぎだした。

「どうしたのぉ」とおばちゃんがお茶を出してくれたので、女子の一人が「そこに幽霊が座ってたよ」と、さっきまで座っていた椅子を指した。

あらそうなの。そんな軽い反応だった。

「でもみんな、その子と楽しそうに話してたじゃない」

年寄りを担いでるんでしょ、と笑っている。

そんなわけはない。彼は誰とも言葉を交わしていなかった。

衣笠さんがゾッとしたのは、その後に続くおばちゃんのひと言。

「あの子、ずっと大声で笑ってたわよね」

# 第八十話〈ひとくち怪談〉風呂

平山夢明

連日の残業で疲れ切り、湯船に入って、
つい、うたた寝をしてしまった。
気づくと部屋は真っ暗になっていた。
勿論、入った時には点けている。
彼女はひとり暮らし。
暗闇に光るものがあった。貼り付けてある鏡に、何者かが握る蝋燭が映っていた。
慌てて飛び出すと部屋中の明かりを点けて回った。

翌週、引っ越した。

# 第八十一話　顔を上げて

つくね乱蔵

六年ほど前、城田さんは軽い鬱《うつ》に悩まされていた。

会社のストレスが原因であることは分かっていたが、諸々の事情で身動きが取れず、ずるずると日常を送っていたという。

一気に悪化した切っ掛けは、母の死である。

四十九日を終える頃から、顔が上げられなくなっていた。

それでも何とか歯を食いしばって出勤し続けたのだが、ある朝、家を出て数メートル歩いた所でそれ以上進めなくなった。

駅へと向かう人の群が、迷惑そうに追い抜かしていく中、心がエンストしてしまった城田さんは呆然と立ちすくんでいた。

何とかしなければ、とにかく一歩でも動かなければとは焦るのだが、会社で待っている上司や苦情の山が重く圧《の》しかかってくる。

どうしよう。どうしたらいい。

泣きそうになって足下を見つめていると、一匹の猫が視界に入ってきた。

見覚えのある猫である。
灰色地に黒の模様、先端が少し折れた左耳、それと何より青い首輪。
昔飼っていた猫であった。
正宗などという大仰な名前をつけられたくせに、ひどく甘えん坊の猫であった。
正宗は、西沢さんの脛《すね》に身体《からだ》をすり付けると、軽やかに歩き出した。
その行方を目で追いかけるうち、自然と顔が上を向いた。
視線の先に妻がいた。
心配そうに見守っている。
正宗はもう一度、脛をこすってからふわりと消えた。
その瞬間、止めどなく涙が溢れ出した。
「すまん。俺、鬱病かもしれん。助けてくれ」
心から素直に言えたという。

# 第八十二話　八王子のマンションにて

我妻俊樹

会社員の菊子さんはある雪の晩、家の関係の用事があって夜遅くにマンションを出た。ぎりぎり終電に間に合って歩いて帰ってきたところ、マンション前の歩道にさっきまではなかった腰ほどの高さの雪だるまが三つできていたという。

まだ路面にうっすら積もったという程度だし、付近には雪を掻き集められたような跡もなかったので不思議に思いつつ、菊子さんは傍らを通り抜けた。

すると雪だるまが彼女の歩いている側に突然倒れてきた。

あやうく足が雪の塊《かたまり》に埋まるところだったので、やれやれと息を吐いて振り返るともう二つの雪だるまもそっくり同じようなかたちに倒れていた。

見れば三つの雪だるまの〈背中〉には、どれも黒々とした靴の裏の跡がついていた。

マンションの前は夜でもかなり明るく、人が暗闇にまぎれるということは考えられなかった。だがあの倒れ方は、たしかに誰かが蹴り倒したものだったと菊子さんは語った。

また同じマンションに住んでいた頃、菊子さんが出勤のためにエレベーターを降りてくると、エントランスで若い男とすれ違った。

顔に見覚えがあったので、ゴミ出しに下りてきた住人だろうと思って会釈をしたところ、男は背後からいきなり菊子さんの両肩をつかんで揺さぶってきた。

「しっかりしろ！　おまえ、しっかりしろよ！」

男はそうわめいていた。あまりの唐突さに菊子さんはなされるままになっていたという。

やがて肩をつかむ力が緩《ゆる》んだので、はっとして振り向いたが誰もいない。

菊子さんは壁にもたれて見渡したがエントランスには人のいた気配がなかった。

ただ男の体臭なのか、かつおぶしと草いきれの混ざったような変な臭いが漂っていた。

マンションの屋上に黄色い帽子をかぶったおばあさんがぎっしり並んで手を振っているところを見たこともあるという。

振られている右手はなぜかどのおばあさんも猿のように毛むくじゃらだった。

十秒ほど振り続けていたが、菊子さんが声をかけると急に煙のように消えてしまった。

これは噂にすぎないが、マンションの建つ土地は古い寺院の跡だと言われていたらしい。

# 第八十三話　原っぱメロディー

明神ちさと

「今でも何かの拍子にあのメロディーをハミングしちゃいそうになるんですよ。それだけ印象が強烈だったということでしょうかね?」

今井さんには不思議な記憶がある。真っ赤な夕映えと共に彼女の脳裏に焼き付けられたメロディーだ。歌謡曲やアニメのテーマソングではない。今では彼女とその幼馴染《おさななじ》みしか覚えていない旋律だ。遠い日にそれを口ずさんでいたのは、人間ではなかったのだという。

「それは原っぱの端にあるひねこびた松と茅《かや》の茂みから聞こえてきました。友だちのイタズラなんかでは絶対ないです。あんな変な声というか音というかを出せるはずがないし、第一、茂みに隠れているような子はいなかった。メロディーに気付いた私たちは、友だち全員そろって茂みを見たんですから」

ススキの穂が揺れていたというから秋から冬の出来事だろう。最初は季節外れの虫の音か捨て猫程度に思っていたのだが、どう聞いてもきちんとしたメロディーである。原っぱのあちこちに散らばって思い思いに遊んでいた今井さん達だったが、気が付くと、皆横一線に並んで目の前にある茂みを見つめていた。

「何この曲？　私は友だちに向かって訊ねましたが、誰も答えません」

楽器？　他の子も疑問を口にしたが、茂みの丈はそれほど高くなく、小学生の身長でも半ばくらいまでは見渡せる。楽器を持った何物かがしゃがみ込んでいるようなくぼみは、どこにも見当たらない。

「人の姿が見えないことが、私たちを大胆にしたんでしょうね」

男の子の一人が、手近にあった石を拾って音の聞こえる辺りに投げた。

「あ、痛っ」

微かな声が聞こえた。石が当たったにしてはずいぶん間延びした調子だ。しかもアニメのキャラクターのような可愛らしい声音《こわね》だった。だがその一言だけで、茂みからは誰も出て来ない。何か変化と言えば、メロディーが止んだことくらいだ。

「声が可愛かったので私たちは逆に可哀想になってしまい、皆口々にお詫《わ》びの言葉を口にしながら茂みに分け入りました」

だが、どこをどう探しても草むらには誰もいない。その時、男の子の一人が「なんじゃこりゃ⁉」と大きな声を上げた。

「近付くと彼は自分の足下を指さしています。見ると松の根元にさっき投げた石が落ちていて、そのそばに見たこともないほど大きな松露《しょうろ》（キノコの一種）がありました」

キノコは石がかすめたのか、ジャガイモのような表面に横一文字に裂け目ができていた。

「おかしいね、キノコしかないよ」

皆で首を捻《ひね》っていると、傷だと思われたキノコの裂け目が軽く開いて「ふふっ」と軽い笑い声を立てたのだという。子供らは呆気《あっけ》にとられてしまったが、怯えて逃げ出したり攻撃したりする者はいなかったらしい。

「それからなぜか私たちはみんなでキノコに向かって手を合わせ、家に帰ったんです――。あ、笑ってますね？　でもキノコが化けるって伝説はけっこうあちこちにあるんでしょ？　あれキノコが歌ってたんですよ、きっと。友だち全員で聞いたし、見たんですから」

――別にバカにして笑ったわけではない、状況が微笑《ほほえ》ましかったからだと私は言い訳した。同時に自らの幼少期を思い出す。そして空き地も原っぱも、想像力を羽ばたかせる空間を失った現代に生きる子供たちは、どこでこうした不思議に出遭うのだろうかと思った。

# 第八十四話
# 溝手

伊計　翼

U子さんが子どものとき、あるうわさがあった。

夜、その町内の道沿いにある溝には、近づかずに歩かなければいけない、というものだ。ときおり長い手が伸びてきて、歩いている者を引きずりこむという。

溝はところどころに石蓋があるもので、六十センチほどしかない浅いものだ。

それでも子どもには充分こわいうわさであり、彼女も震えあがったのを覚えていた。

最近、同級生にそのうわさを覚えているか尋ねられた。「あの話、うそとわかっていても、めっちゃこわかったわ」「……それな、うそじゃなかったかもしれんよ」

同級生はまだ実家に住んでいるのだが、先日、その町内で道路改装工事が行われた。

石蓋をいくつか開けると、溝から猫の白骨がごろごろとでてきたというのだ。

「車の通りもあるから偶然かもしれんけど——」

どの骨も片方の後ろ脚だけ、べっきりと折れ曲がっていた。

なかには数日前の死体もあった、という話である。

## 第八十五話　プリクラおやじ

つくね乱蔵

その日、中井さんは目の前の少女との世代間ギャップに絶望しながら苦情を聞いていた。

「マジうざい」「超ムカつく」「ありえないんですけどぉ」

この三つの台詞《せりふ》を除去し、話の要点をまとめるとこうなる。

プリントシールにオヤジが写り込んだから金を返せ。

事実、見せてもらったシールには、禿頭のオヤジが写っていた。

一目で助平と分かる顔でにたりと笑い、頭の上でダブルピースサインを出している。

もちろん、こんなものが写り込む機能などない。

考えられるのは、撮影する瞬間を狙って背後に立つことぐらいだ。

結局、中井さんは下げたくもない頭を下げ、代金を返してその場をまとめた。

一つだけ気になったことがある。

帰り際、少女は仲間にこう笑われていたのだ。

「あのオヤジ、死んでも君を離さないって言ってたじゃん」

「そうそう、死んでからも援交したいんじゃね？」

その言葉を記憶しておいた成果は、一週間後に現れた。

またしても同じ少女が苦情をねじ込んできたのだ。

今回は違う機種である。

念のため、最新の機種で試してもらったのだが結果は同じであった。

前回と同じく頭を下げた後、中井さんは思い切って言った。

「失礼ながら、お客様に必要なのは御祓《はら》いではありませんか。シールだけならともかく、この男性はあなたの卒業式や成人式、結婚式とかにも出てくるかもしれませんよ」

そう言われて、少女は気づいたようである。憎々しげにシールを見つめて呟いた。

「だって、まさか自殺するなんて思わなかったし」

弁解するように少女は話し出した。

オヤジは援助交際の相手であった。

財布から抜き取った名刺で職場を割り出し、追加料金を徴収しに行ったらしい。

三度目の徴収の後、ビルから飛び降りたのだという。

中井さんはどうしたらいいのかと訊ねる少女に「自業自得」という言葉を教え、丁寧にお引き取り願ったそうだ。

## 第八十六話　魂の証明

神　薫

椎田さんは、うつ病で休職していた。やっと起きあがれるくらいに回復した日の朝、彼は着たきりだった寝間着を脱いだ。

〈今すぐに出かけなければならない〉という、奇妙な義務感が彼の心を支配していた。

「なんだか無性に海が見たくなったんです」

バスに乗っている間も、理由なき涙が止まらない。目的のバス停で降りると、海はすぐそこだった。流木の散らばる海岸で、砂の上に膝《ひざ》を抱えて座る。打ち寄せては返す波を眺めているうちに、時折強く吹く風が涙を乾かしていった。

どのくらいの時間が経ったのだろうか、気付くと真横に男が一人立っていた。上下ともに黒いスウェットを着た男だ。椎田さんは座ったまま、横に立つ男の顔を見上げた。

そこにあったのは、非常に良く見慣れた顔。自分そのものだった。

驚きのあまり声の出ない椎田さんには目もくれず、その男は足早に海へ向かった。

「ヤバイ、こいつは俺だ。俺が海に入っていっちゃうよ」

慌てて立ち上がると、椎田さんはもう一人の自分の後を追った。男は膝下まで海に浸かり、さらに沖を目指して進む。なんて速さだ、このままでは俺が死んでしまう。

シューズが濡れるのもかまわずに海に足を踏み入れ、水しぶきをあげて走る。男は一定の速度を保って歩いており、椎田さんはダッシュで背後に迫った。

その肩をつかもうとした手が空を切ったと思うと、椎田さんは冬の海に倒れ込んでいた。

「そいつのスウェットの背中にプリントされた六桁の数字が鮮明に見えたんです」

水面から顔を上げると、水平線の向こうに夕日が沈んでいくところだった。体感時間は一時間にも満たないのに、腕時計を見ると海に来てから五時間以上経過していた。

家にたどりついて海水まみれの服を脱いだ時、椎田さんは息をのんだ。スウェットのバックプリントの六桁の数字が、海で見たもう一人の自分の背中の番号と同じだったのだ。

「このスウェットは寝込んでいる俺のために妻が選んで来て、寝室の枕元に畳んであったんです。俺は服に関心がないので、着る時に細かいことは確認しないんです。背中にプリントがあって、それが数字だってことは誓って知りませんでした」

もしかすると、彼の中の希死念慮（死にたいという気持ち）だけが、海辺で人の形をとって抜け出したのかもしれない。

「人間には、〈魂〉が本当にあるんですね」

海の変事から、椎田さんのうつは少しずつ快方に向かっている。

## 第八十七話
# 溜《た》め枡《ます》に鯉《こい》

小田イ輔

雨が上がった朝だったという。

Tさんが歩いていると、道路脇の側溝にある溜め枡に大きな鯉が泳いでいた。

「錦鯉かな、赤と白と金色の混じった立派な鯉でしたよ。随分大きくてね」

はて、しかしなぜこんな所に鯉が泳いでいるんだろう。

どこかの家の池が溢れて逃げ出してきたのかな?

昨夜は確かに雨降りだった、でも池が溢れる程に振ってはいないハズ……。

「雨の後で多少水は綺麗でしたけどね。それでも家庭排水が流れる側溝ですから、こんな所を泳いでいては死んでしまうなと思いました」

助けたくても、こうまで大きいと捕まえる自信がない。

なによりも自分は出勤前の身支度で来ている、鯉を持ち運ぶ用意などないし……。

いやでも……。

「出勤時間には余裕がありましたから、珍しさも手伝ってしばらく溜め枡をのぞき込んで鯉の様子を眺めていたんです、どうにかして助けられないかなと」

鯉は溜め枡の中でノロノロと泳いでいる。

連結する下水道の中へ出たり入ったり、ゆっくりと、いかにも優雅な様子。

みすみす死なせるには立派すぎる鯉だった。

「これはもう、家に戻ってバケツか何かを持ってこようと、そう意を決した時でした」

スッと、下水道の中から手が伸び、鯉のしっぽを掴んだ。

驚くTさんの目の前で、迷惑そうに鯉がバタつく。

そしてそのまま——。

「下水道の中に引っ張り込まれていきました」

今見た事が信じられず、その場で固まったTさんだったが、考えてみればこんな薄汚い側溝にあれほど立派な鯉が泳いでいること自体がそもそも有り得なかった。

「まぁ、そういう事もあるんでしょうねとしか言えませんわ」

鯉を引っ張っていった手は、女性のもののような気がしたという。

「細くて、白くて、上品な手でしたね」

今でもTさんは雨上がりの朝に、側溝の溜め枡をのぞき込んでしまうそうだ。

# 第八十八話　印刷

黒木あるじ

　ある年の師走、Kさんは自宅のプリンターで年賀状を印刷していた。

　ところが、いつもは問題なく動くはずのプリンターがその日にかぎって上手く作動しない。電源を入れてもエラーの表示が出てしまい、ようやく印刷できたかと思えば、今度は全面が黒一色に刷り上がった葉書を吐きだしてくる。

　半年ほど前に買ったばかりのプリンターであったから、そう簡単に壊れるとは思えない。ためしに他の白紙でテストしてみたところ、すんなりと印刷されてきた。ところが年賀状に切り替えた途端、再び調子がおかしくなる。

　マニュアルを読んでも、原因はいっこうに解らなかった。

「けれども、文句を言ってみたところで印刷できないものはしょうがないでしょ。仕方なく、明日にでも修理に出そうと決めて、その日は印刷を諦めたんです」

　翌日、祖父の急死を告げる電話が実家からかかってきた。

「知らせを聞いた瞬間、〝お祖父《じい》ちゃんが、刷っても無駄になるから止めとけ、って教えてくれたのかな〟なんて思って……ええ、信じてますよ。信じるようにしてます、というのが本音かな。だって、もし祖父以外のなにかが教えてくれたんだとしたら……そっちのほうが怖いじゃないですか」

白紙の葉書は、金券ショップに買い取ってもらったそうである。

# 第八十九話　煽《あお》り全一《ぜんいち》

黒　史郎

市村さんの知人に「煽り全一」を自称するサッポさんという人がいた。ＳＮＳのコミュニティのオフ会で知り合ったという四十代半ばの男性である。

「煽り全一っていうのは、煽らせたら全国一位って意味です。ようするに煽りがメチャクチャ、うざいってことですよ。元ネタはググれば一発ででます」といわれてGoogle《グーグ》検索ってみたが、残念ながら私には元ネタがわからなかった。

サッポさんは会うと大人しく無害なアニメロボットオタクだが、ネット上では性格がガラリと変わる、典型的なネット弁慶《べんけい》である。

話し方は高圧的、空気を読まずにつまらないジョークを連発、人を弄《いじ》って弄って、怒る一歩手前まで弄り倒す。それを自らの芸風だと思っているからたちが悪い。

その芸風が仇となったのか、どうか。

彼の生死は現在、わからない状態である。

サッポさんの最後の書きこみがあったのは、ある年のクリスマス前夜。

コミュニティのコメント欄に、白蛇という新規メンバーがオクザシキという場所で幽霊を視たといった内容の書きこみをしていた。

一読では要領を得ない内容だったからか、誰からのコメントもついていなかったが、投稿から約一時間後、サッポさんがいつものような煽りコメントを入れていた。それは「幽霊を視た」ことに対しての批判めいた書きこみであった。わかりやすい煽りである。

白蛇の反応はなく、なぜか翌日になってサッポさんの誤字だらけの謝罪の言葉が書きこまれ、さらにその数時間後、彼の書きこみのみが消された。

その週、新年会の幹事をつとめることになったメンバーから市村さんに、サッポさんと連絡を取って欲しいとメールがきた。コミュニティで参加表明をしているのに希望日の書きこみがないのだという。サッポさんの連絡先は市村さんしか知らなかった。

携帯にメールを送るとすぐに返ってきたが、次のような内容だった。

「退会します。うちに幽霊がきた」

なんだこれはと首を傾げ、退会とはコミュニティをですか、幽霊ってなんのことですか、とメールで疑問を連投すると、数時間後に返信がきた。

「オクザシキの件。母が死にました」

それっきりだった。何度メールを送っても返ってこない。

謎のメールの翌日、サッポさんは宣言通り、コミュニティを退会した。

さらに意味不明な内容のメールが届いたのは、それから約半年後。

「くびがもどらない」

その一文のみが書かれたメールに添付されてきたという画像を、私は見せてもらった。

全体的にぼやけていて、それがなにを写したものか、まったくわからない。

「これ、よくないものを煽ったから報いを受けたってことですかね」

そんな単純な話なのだろうか。私には答えられなかった。

# 第九十話〈ひとくち怪談〉遺服

平山夢明

バイク事故で死んだ兄の衣服を桐の箱に入れて母親は保管している。服は兄の血でドス黒く変色していたのを彼は憶えている。

兄の〈箱〉が、カタカタと小さく音を立て揺れるのに気づいたのは、彼がガールフレンドを家に連れてくるようになってからだ。

# 第九十一話　永遠のハイキング

つくね乱蔵

遠山さんは、山登りを趣味にしている。

昨年の秋、町内会の老人達にハイキングの案内役を頼まれた。

参加者は全員で七名、ルートは難しいものではない。

小学校の遠足で行くような場所だ。要するに老人達のお守りである。

一行はのんびりと進んでいったのだが、途中の休憩ポイントで宮川という老人が面倒を起こした。

発端は変わった形の石。宮川は石の収集を趣味としており、その石を持ち帰ろうとした。

「いや、宮川さんそりゃだめですよ。ほら、花が供えられてる。この辺りの住民が大事にしてるんじゃないかな」

「大丈夫大丈夫。こんなもん、ただの石ですわ」

具合の悪い事に、宮川は町内会長である。誰も逆らおうとせず、それどころか援護する者まで出る始末だった。

遠山さんは諦めて、その日一日を案内役に徹した。

異変が起き始めたのは三日後からである。

七名全員が同じ症状を訴え、入院する破目に陥ったのだ。

突然、目が見えなくなったのである。一週間程度で元通り見えるようになったのだが、皆の思いは一つであった。

あの石の祟りではないだろうか。唯一、遠山さんに何もないのがその証拠だ。

遠山さんは最後まで石を持ち帰るのを反対していたではないか。

無論、面と向かって言える者はいない。言ったところで聞き入れるはずも無かった。

全員が完治した以上、事を荒立てる必要は無いだろうと皆が自分を納得させるしかない。ところが祟りはこれで終わりでは無かった。次は口である。

呂律が回らなくなったのだ。その次は、折れたかと思うぐらい激しい肩こり。

徐々に降りてきている。もしかすると、心臓まで到達したら死ぬのではないか。

不安になった皆は、やんわりと宮川に進言した。さすがに宮川自身も何か思うところがあったようで、石を元通りの場所に戻すという。

翌日、宮川は単独で山に向かった。そしてそのまま消息を絶った。

消息は分からないが、石を元の場所に戻せなかったのは確かである。

残り六名全員が三日の間に亡くなったからだ。

## 第九十二話　お姉さん

我妻俊樹

昭和の終わり近く、ある冬の日に清水さんの一家はドライブに出かけた。

峠道を走っていると、運転している父親が何だか気分が悪いと言い出したという。代わりに運転できる者は他にいないので、昼食は少し前に済んだばかりだったけれど、適当なドライブインを見つけてそこで休憩することになった。

父親は少し眠りたいというので、車中に残して清水さんたちは店の中に入った。駐車場には他に数台駐まっていたはずだが、店内はがらんとしている。客なのか、休憩中の従業員なのかよくわからない男が隅のほうでカレーを食べていた。

照明にむらがあるようで、明るい場所と薄暗い場所があったという。清水さんたちはなるべく明るいところのテーブルを囲んだ。

しばらくコーラなどを飲んで時間を潰したのち、母親が「ちょっと様子を見てくる」と言って立ち上がった。

なかなか戻って来ないので気を揉んでいると、さっき端のほうに座っていた男がいつのまにか近くに座って話しかけてきた。

「お姉さんたちどこから来たの？」

今テーブルに残っているのは清水さんと妹と弟だけで、一番年上の清水さんも小学五年生である。男が「お姉さん」と呼ぶのは変だと思ったが、なんだか悪い気はしない。

「横浜の方からです」清水さんは「お姉さん」っぽく気取ってそう答えてみた。

男はその返事をまるで聞いていないかのようなタイミングで、

「お父さんは気の毒だったねえ、おれよりいくらか若いくらいじゃないかい」

そう言って顔をあさってのほうへ向け、煙草の煙を吐いている。

何言ってるんだろうこの人は、と清水さんがとまどっていると、店のドアが勢いよく開いて青い顔の母親が飛び込んできた。

「すみません電話はどこに……あの、救急車を呼んでもらえませんか！」

ひどく取り乱した口調で母親は、カウンターの中の従業員の女性にすがりついた。

車中で意識を失っていた父親は病院にすぐに運ばれたが、日付が変わる前に帰らぬ人となった。本人も気づいていない持病が心臓に隠れていて命を奪ったらしい。

救急車に乗り込む際、店の前で微笑していた男の姿が清水さんの目に焼きついている。

# 第九十三話　消耗戦《しょうもうせん》

明神ちさと

死者の魂を虐待《ぎゃくたい》する――そんな耳を疑うような話を聞いた。背景には長年に渡る壮絶な嫁姑の確執があるらしい。

「初めてお邪魔した時から、その家には尋常ならざる雰囲気が漂っていました。当時の奥さまは目もご無事でしたし、御髪《おぐし》だって、まだ艶々《つやつや》としていましたけど」

話者の添田さんは霊と交信できる体質だという。と言っても、霊能者を専業としているわけではない。彼女の活動は極めて狭いコミュニティ内に限られている。その中に起きる超自然的なトラブルに対し、ボランティア的な助言を行う。

「表面的には亡くなったお義母《かあ》さまのご供養に関しての話題でした。ですが、ややもすると話題が故人の魂が嫌うことに流れて行きそうになるんです。その間、奥さまはずっと微笑《ほほえ》んでいらっしゃいましたのが、何だか余計に物凄い感じでした。笑顔の下で、実際は爪を立てて話題をむしり取ろうとでもなさっているかのように」

仏壇の供物や花の扱い、お盆や周忌の作法、墓地と墓石《ぼせき》の管理……、そうした諸々の事柄に対し、相手は「すべき事」ではなく「してはならない事」にばかり焦点を絞ってくる感じがした。

「主人があの調子でしょ。義母《はは》の供養も、あたしが何から何までやらなきゃならなくて」

夫人はそう言って一層笑みを深めた。

「ご主人は仕事中に倒れて、そのまま寝たきりになっているそうで。日々の介護も奥さまがされているのですが、そのこともお姑さんとの諍《いさか》いを激しくさせる一因でした」

生前、義母は息子が倒れた件について、あたかも夫人に非があるように、人目もはばからずなじっていたのだと添田さんは言う。

次にその家に呼ばれたとき、添田さんは仏壇のあまりの惨状に目を覆った。

「まるでべからず集を総ざらえしたような酷《むご》さでした。もしご主人が元気だったら、決して黙っていられなかったでしょう。他人である私すらとても直視できなかったです」

添田さんの耳には、苦しみ悶《もだ》え——そして相手を呪う故人の声が聞こえた。その声に籠められた姑の憎悪は、生前と何ら変わりなく——いや、更におぞましいものに変わっているようだった。

「迎えてくれた奥さまの姿ですか？　そちらもひどいものでした。自分が故人の御霊《みたま》におこなったおぞましい仕打ちの数々が全て我が身に跳ね返り、彼女の健康を蝕《むしば》んでいました」

「ねぇ、これってお義母《かあ》さんの仕業かしらね？」

夫人は窶《やつ》れ果てた面《おもて》でそう訊ねた。息が臭う。臓器を冒《おか》されているのは明白だった。だが、その口調はまるで「食後のデザートは何？」と訊ねるようなものだったらしい。添田さんが遠慮がちに霊障の可能性を口にすると、夫人は、

「あはは、やっぱりね。とり殺すつもりならどうぞご自由に。死んだらまた近くに行って昔みたいに徹底的にやってやる。それにあたしがいなくなれば、アンタの可愛い息子だって死んだも同然なんだからね！」

左目に眼帯、右目は不眠に血走り、副作用で浮腫《むく》んだ薬漬けの青黒い肌を揺すり、腐った息を吐く夫人は、仏壇の据えられた部屋の隅を睨《にら》み、凄惨な笑みを浮かべながら、そううそぶいたらしい。

「生者は生きたままで餓鬼《がき》の相《そう》を示し、故人も妄執に囚《とら》われて成仏していない。嫁姑の確執は遙か昔から続いてきたことだとは言え、ああも剥《む》き出しの憎しみ合いを見せられると、こちらの精神も削り取られていくような気がいたします」

そう遠くない将来、想像を絶するような惨たらしい現場の第一発見者になってしまいそうな気がして、添田さんは不安でならないという。

# 第九十四話　すぐ前のマンション

伊計　翼

　Iさんは結婚後、奥さんがひとりで住んでいた部屋に引っ越した。

　ある夜、ベランダで煙草を吸っていると、すぐ前のマンションにおんながみえた。Iさんたちの住んでいる部屋と同じ階である。おんなは両手を顔にあて泣いていた。

（彼氏とケンカでもしたのかな）と目をそらした。

　ところがおんなは、翌日もその翌日も立っている。

　妙に思ったIさんは、奥さんにおんなのことを話した。

「……どこのベランダ？」

「すぐ目の前のマンションだよ。ここと同じ階。いまもいるよ」

　奥さんは気になったのか、ベランダに確認にいったが「いないよ」と戻ってきた。

　Iさんがもう一度みにいく。

「……いるじゃん。すぐむかいの部屋だよ」

「どんなひと？」

「髪が長くて半袖のシャツの……あれ？　冬なのに寒くないのかな？」

すると奥さんは「ゆうれいだよ」と顔を青くした。

その部屋では以前に飛び下り自殺があった。

おんなは身を投げる夜まで、毎晩のようにベランダで泣いていたらしい。

「昼間みてみなよ。あの部屋、カーテンもかかってない——空き部屋だから」


ぼくはこの話がとても珍しく思えた。

Iさんにそのことを伝えると、彼も「そうでしょう」と頷いた。

「わたしも何度か『自殺者が死ぬ瞬間を繰りかえす』という話を聞いたことがあります。ビルから毎晩飛び下りているとか。でも、死ぬ瞬間ではなく、その数日前の行動を繰りかえしているというのは、どうなのでしょう。きっと……死んだことより」

思い悩んでいたことのほうが、念は強いのでしょうね、とIさんはため息をついた。


おんなは、今夜も泣いているのか。

# 第九十五話　三者三様

神　薫

真美さんは卒後十五年の年に、中学の同窓会に参加した。同窓会に参加するのは初めてだったが、親友の亜紀さんや美貴さんと久々に再会し、大いに盛り上がったという。

一次会を終えてもまだ話し足りなかったので、真美さん達は二次会に移行せず、そこから三人だけの女子会を開いた。

適当な店に入り、まずは乾杯する。美貴さんは妊婦ゆえウーロン茶、後の二人は生ビールをオーダーした。乾杯の後、亜紀さんが「春休みのあれ、覚えてる?」と言った。

「うん、怖かったよね～」と美貴さんが相づちを打ち、真美さんも「忘れるわけないじゃん、肝試しでしょう」と応じた。

当時、中学を卒業したばかりの三人は、それぞれ別の高校へ進学することが決まっていた。何か思い出を作ろうと話し合った結果、地元で噂になっていた心霊スポットへ行くことに決めたのだった。

「男子抜き、女子オンリーの肝試しなんて、あの頃は度胸があったねぇ」

本来なら夜遅くに実行したかったのだが、門限の制約もあって夕方に決まった。

「確か、たそがれ時っていうんだっけ。夕日に照らされてムードがあったね」

丘の上にある病院の入り口、錆《さ》びついて動かない自動ドアの前に、それはあった。

「驚いたよ、ボロ病院とはミスマッチなピカピカのベビーカーだったもの。あれ、どう見ても新品だったよね？　何であんなところに置いてあったんだろう」

あの日、崩れかけた廃病院前で真新しいベビーカーを見た三人は、恐怖にかられて言葉少なに逃げ帰ったのだった。

「風もないのにベビーカーがひとりでに動いてて、すごく怖かった」

真美さんの言葉に、亜紀さんが突っ込みを入れた。

「あれ、黒いワンピの不気味なおばさんが揺らしてたんじゃなかった？」

さらに美貴さんが口をはさんできた。

「そんな人、いなかった。ベビーカーの中に傷んだ人形だか赤ん坊だかわからないのが乗ってて、不気味だったでしょう」

そんな二人の言葉に、真美さんは首を傾げた。

「二人は何を言ってるのかなぁって……亜紀の言う〈おばさん〉も、美貴の〈赤ん坊〉も知らない。私が見たのは、キイキイ音を立てて動いていた空っぽのベビーカーだけなの」

三人とも自分の記憶こそが真実で、他は思い違いだと譲らなかった。そのせいか、少し気まずい感じで女子会はお開きとなった。

同窓会以来、交流を復活させた亜紀さんから、母親の訃報が真美さんに届いた。
「持病もなくて元気なお母さんだったのに、朝起きて来ないと思ったら、布団の中で冷たくなっていたんだとか」

その訃報と前後して美貴さんから来たメールには、〈経過は順調だったはずなのに、流産してしまいました。ドクターは原因不明だと言います。まだ入院中です〉とあった。
「美貴が流産した日というのが、亜紀のお母さんが亡くなったのと同じ日なの」

遥か昔に〈ベビーカーを押す母親らしき女〉を見た亜紀さんは母親を、〈ベビーカーに乗った何か〉を見た美貴さんはおなかの中のお子さんを、同時期に喪《うしな》ったのだという。
「今のところ、私には変わったことないんだけどね……」

同窓会を機にあの日見た物を語り合ったことで、十五年間封印されていた、忌まわしい何かの蓋が開いた気がするのだという。
「もしも二人に訪れた不幸が偶然じゃなかったとしたら、〈ベビーカーを見た〉私は、どうなっちゃうんだろう」

今も真美さんは不安を拭えないでいる。

## 第九十六話　後方の猿

橘　百花

小学生の田辺さんはある日、妹と飼い犬の散歩に出かけた。

田圃道《たんぼ》を一緒に歩いていたが、途中から些細なことで喧嘩になった。

「お母さんに言いつけてやるから」

勝てないと分かった時に必ず使う捨て台詞《ぜりふ》。妹はそれだけ言うと、足早に自宅の方へ引き返した。

その場に田辺さんと犬がポツンと残される。

妹を追ってこのまま家に戻れば、また喧嘩したのかと母に叱られる。それが怖くて帰る気になれない。

徐々に自分達から離れていく妹の姿を目で追っていると、彼女の後方に人が歩いているのが見えた。

この辺りを飼い犬の散歩コースにしているお宅は多いが、その人は犬を連れていなかった。

「あんな人、いつからいたっけ？」

黒っぽい服装。髪は短く身長が高いことから勝手に男性と判断した。

細い身体《からだ》に乗った小さな頭。

（……なんだかマッチ棒みたい）

だらりと両腕を垂れ、身体を左右に少し揺らしながら歩く姿が猿に似ていた。

一定間隔を保ちながら、男は妹の後をつけている。

（不審者だったら、どうしよう）

急いで妹を追いかけた方がいいのではと思ったが、先程の喧嘩が脳裏を過る。

勝手に怒って先に戻ったのは向うだ。自分は関係ない。

——嫌な思いをすればいい。

妹の姿が視界から消えると、その男もいつの間にかいなくなっていた。


道の脇に建っている小屋の傍に座り込み犬を撫でる。

暫《しばら》くそうしていたが、通りかかった近所の人に会うのが嫌になり建物の裏手にまわりじっと身を潜《ひそ》めた。

徐々に周囲が暗くなる。

さすがに家に帰らないわけにはいかない。

他に行くところがないのだからと、諦めて帰宅することにした。

「今日は随分沢山、散歩に連れて行ってあげたのね」

帰りが遅くなった田辺さんを母親は心配していた。

先程の喧嘩を妹が本当に言いつけたかは不明だが、母は彼女を怒らなかった。


それから数年後、妹が病気になった。

命に別状はないが、完治もしない。

生きている限り、ある薬の世話にならなければならない体になった。

一時入院することになった際、妹は随分と痩せ細りあの時の猿を思い出させた。


あの時走って妹を追いかけていたら、何か変わったのか。

繋がりがあるとは限らないし、すでに遅い。

それでも田辺さんは時折思い返しては後悔する。

# 第九十七話　墓の傾き

小田イ輔

　Eさんの本家筋にあたる家には先祖代々のお墓がある。

　行政や、寺が管理する墓地にではなく、自分たちが所有する山の中にそれはあって、年に数回、お参りに出向く。

　もともと遺体を土葬していたらしいその墓地には、いくつかの土饅頭《つちまんじゅう》のようなものの上に木の柱が立てられており、墓標代わりとして、ご遺体の埋葬場所の目印になっていたそうだ。

「その土饅頭を掘り起こして遺骨を回収した後で、一つのお墓にまとめたんだって。今風の立派な墓石を乗せて」

　その〝立派な墓〟は建ててから間もなく傾きだした。

「ちゃんと基礎工事もして、土地を整えてから建てたのに、左側からその場の土に沈み込むように斜めに傾くの。私も見たことあるけど〝立派なお墓〟とはもう呼べないぐらい傾いちゃってて、かえってみすぼらしく感じたよ」

『何が気にいらねえんだか』

本家の爺様はそう言って、まるで墓の下に眠る先祖がそうさせているかのような物言いをしては顔をしかめてふて腐れた。

「まあそりゃそうだよね、何百万ってお金をかけて、せっかく立派なお墓にしたのに、それが間もなく傾き始めたら誰かに八つ当たりもしたくなるってものよ」

〝直した方がいいのではないか〟分家の人々がそう進言しても聞く耳を持たず、爺様はとうとう自分の入る墓を別な土地に用意して、その墓を沈むに任せた。

「それから、だんだんと本家の台所事情が悪化してきてね」

稼ぎ頭だった長男がリストラの憂《う》き目に遭い、四十にして家に引きこもるようになると、共稼ぎをしていた長男の嫁が離婚を切り出し、別れる運びとなった。

続いて、農業を営んでいた爺様が腰を悪くして畑の維持が困難となる。折り悪く借金をして耕作機械を買った後だったため、それを二束三文で手放し大損。

収入が途絶えた本家は、畑を売り、立派なかやぶき屋根の自宅を取り壊して土地を売ったが、それも大したお金にはならず、困窮の度を深めていったという。

「お墓が傾いたから家も傾いたんだって言う人もいれば、家が傾く前兆として墓が傾いたんだっていう人もいて、言いたい放題」

現在、本家一家は爺様夫婦と長男の三人がアパート暮らしであるそうだ。

『仕方ねえから墓直すか』

爺様がそう言ったのが去年の事。

大金をかけて業者に頼むことはできないため、自分たちで山に通っては少しずつ墓を修復しているらしい。

爺様の腰は大分落ち着いており、長男も再就職が決まった、とEさんは言い、笑った。

# 第九十八話　電信

黒木あるじ

以下は、読者から編集部へ私あてに送られてきたメールである。本人の意向により、その固有名詞の箇所を伏せたうえで、序文の挨拶などを除いた全文を公開する。

これまで発表する場がなかったので、この機会に記す次第である。もし、詳細をご存知の方がいらっしゃったなら、ご一報いただきたい。


ぜひ黒木先生にこのことを発表していただきたいと想います（原文ママ）。

私の家に母がいます。その母が絶対に声に出してはいけないと教えてくれた言葉があります。母は先月亡くなりましたが、これが関係しているのかは分かりませんが、死ぬ前の週の水曜日にこの言葉を話していました。お母さんどうしてそんなことを言っているのと私は聞きましたが母は教えてくれませんでした。よろしければ黒木先生も声に出してみてくださいい読者の人もも（原文ママ）話してくださいと書いてください。私はこのメールを出すまえに喋ってみたが知らないのに歌になりました。メールを出してからもういちど喋ってみる予定なのでそしたら本当かどうか確かめれると想います（原文ママ）。

しんだこ　いないこ　なくしたこ
しんだこ　いないこ　なくしたこ
ぜんぶ　わたしの　かわいい　むすめ
あそぶ　つばめと　あそべぬ　すずめ
しんだ　うまずめ　しなない　すがめ
しんだこ　かわいや　いないこ　どこや
しんだこ　いたなら　よっといで
しんだこ　いたなら　よっといで

# 第九十九話　龍脈

黒　史郎

中国人留学生のヨウさんはスケールの大きな怪談をいくつも持っている。

風水とか龍脈の話はないですかと訊いたところ、あるけど話すのは苦手だからと長文のメールを頂いた。難しい部分もあるので改稿して掲載する。


私の国の話です。

人口問題解決のため、ある都市が大規模な拡張工事をすることになったのです。私の国ではよくあることです。まずは都市部と周辺地域を繋ぐため、高速道路と高架道路を作りはじめました。

ところが工事は進みません。トンネルを作るために山を掘り進めていたのですが、どうしても掘れない箇所があるのです。人工ダイヤモンドのシールド（掘削機）でも歯が立たず、僅かに削り取ることもできなかったのです。そこまでの堅い岩は事前調査では見つかっていませんでした。工事が進まないことに、現場は穏やかでない空気に満ちていました。

ある日のことです。現場近くの寺の住持《じゅうじ》が工事チームの担当者に会いたいと現場を訪ねてきました。担当者は住持に、こう告げられたそうです。

「あの山の下には龍脈が通っている。掘れないのは忠告でしょう。今すぐにあの山での工事を止め、どうしてもトンネルを作りたいのなら他の場所に作りなさい」

龍脈とは特定のルートで世界中を巡っている地下の気の流れのことです。私の国では重大なこととして受け止められます。

このことを担当者が市政府に報告すると、工事の進行ルートを変えることになりました。途中まで掘った山を元に戻し、数年後、別の場所にトンネルを完成させました。小さな事故もありませんでした。これは大変珍しいことでした。

工事チームの担当者は手土産《みやげ》を持って、忠言をくれた住持の寺へ行き、感謝の気持ちを伝えました。

住持はすっかり痩せ、顔色が悪く、こう答えたそうです。

「私は天機を漏れたので、間もなく死ぬでしょう」

それからひと月後、掘ることのできなかった例の山で小規模な土砂崩れに巻き込まれ、住持は死にました。遺体はひどい状態で、右脚と首だけが見つかりませんでした。

今のは大きな話です。小さい話も書きます。

私の知人の母親は不思議な力があります。死んだ人も見えるようです。その人が最近、近所に建つマンションはだめだといいます。あの下はとてもよくないから、住人は全員引っ越した方がいいのだそうです。龍脈があるそうです。

今年、すでにそのマンションで四人の若い人が変死をしています。これからどんどん死ぬそうです。あと六人は死ぬそうです。これは日本の××の話です。

# 第百話〈ひとくち怪談〉三階

平山夢明

深夜、終電で帰ると運動不足解消にエレベーターを使わず三階の自室まで階段を使った。

下りてくる人が居た。見知らぬ女だった。軽く会釈した。

と、擦れ違ったはずの女がついてくる。

三階の廊下に出た。女は半部屋分ほど空けて後ろにいた。

部屋に入り、鍵を掛ける。

気持ちの悪い女だとドアスコープで確認すると姿が消えていた。

ホッとして振り返ると、
部屋の真ん中に立っている。

## 書き手一覧

**我妻俊樹**（あがつま・としき）
　第三回ビーケーワン怪談大賞にて大賞受賞。共著に「FKB饗宴」シリーズ、単著では「実話怪談覚書」シリーズ『忌之刻』『有毒花』『水霊魂』『冥妖鬼』など。

**伊計　翼**（いけい・つばさ）
　実話怪談蒐集団体、怪談社の書記として怪異体験談の記録と書籍執筆を担当している。単著に「怪談社」シリーズ、『怪談社書記録 赤ちゃんはどこからくるの?』、共著に『FKB饗宴6』『怪談実話コロシアム』「怪談五色」シリーズなど。

**小田イ輔**（おだ・いすけ）
　職を転々としつつ東北地方を彷徨い歩いては土地の人間を怪談を訊く日々を送る。『FKB饗宴6』でデビュー、単著は『奇の穴』『呪の穴』など。

**神　薫**（じん・かおる）
「FKB饗宴」シリーズ、『恐怖女子会 不祥の水』などに参加。元医者から現役復帰。単著に研修時代の出来事を綴った著書『女医裏物語 禁断の大学病院、白衣の日常』がある。実話怪談の単著は『怪談女医 閉鎖病棟奇譚』など。

**黒木あるじ**（くろき・あるじ）
　第七回ビーケーワン怪談大賞佳作賞、第一回『幽』怪談実話コンテスト「ぶんまわし賞」受賞。単著では「怪談実話」シリーズ『震』『畏』『累』、「無残百物語」シリーズ、『全国怪談 オトリヨセ』、『学校の怪談』など。共著ではシリーズとして「FKB饗宴」「ふたり怪談」「怪談五色」など多数。小説は共著『狂気山脈の彼方へ』。

**黒　史郎**（くろ・しろう）
『夜は一緒に散歩しよ』で第一回『幽』怪談文学賞長編部門大賞を受賞、同タイトルで小説デビュー。実話怪談では単著『黒塗怪談 笑う裂傷女』、共著では「FKB饗宴」シリーズ、「怪談五色」シリーズほか。小説では「未完少女ラヴクラフト」シリーズ、「幽霊詐欺師ミチヲ」シリーズ、『いちろ少年忌譚』、『怪談撲滅委員会』ほか。

**橘 百花**（たちばな・ひゃっか）
実話怪談大会「超-1／2007年度大会」参加を皮切りに、共著『恐怖箱 蝙蝠』でデビュー。他、共著では『恐怖箱 狐手袋』、「恐怖女子会」シリーズほか。

**つくね乱蔵**（つくね・らんぞう）
共著では恐怖箱シリーズ『蛇苺』『蝙蝠』『白夜』、FKB『怪談五色』シリーズに参加。単著では『恐怖箱 厭怪』、長編小説『ぼくの手を借りたい。』など。最新刊は単著『恐怖箱 厭鬼』。

**明神ちさと**（みょうじん・ちさと）
怪談、ホラー、ミステリー嗜好のライター。新宿ゴールデン街にあった「BAR幻影城」の元女城主。単著に『怪記事典 黒血ノ版』『灰骨ノ版』、共著に「恐怖女子会」シリーズ、『FKB饗宴5』、「てのひら怪談」シリーズなど。

**平山夢明**（ひらやま・ゆめあき）
ちくわぶをこよなく愛する作家。著書は『DINER』、『或るろくでなしの死』、『暗くて静かでロックな娘』ほか。最近の実話怪談業界は老いも若きも旨いも不味いも入り乱れての、まったきカオス状態。そんななか、長いのは時間がないから読んでらんない、というアナタ！へ送る、巧い早い安い怖いのファスト怪談〈ひとくち怪談〉やってみました。

# 饑・百物語


2015年1月3日　初版第1刷発行

著者　我妻俊樹　伊計 翼　小田イ輔
神 薫　黒木あるじ　黒 史郎
橘 百花　つくね乱蔵　明神ちさと
平山夢明

デザイン　橋元浩明(sowhat.Inc.)
企画・編集　中西如(Studio DARA)
発行人　後藤明信
発行所　株式会社 竹書房
〒102-0072 東京都千代田区飯田橋2-7-3
電話03(3264)1576(代表)
電話03(3234)6208(編集)
http://www.takeshobo.co.jp
振替00170-2-179210
印刷所　図書印刷株式会社

定価はカバーに表示しています。
落丁・乱丁本は当社にてお取り替えいたします。



ISBN978-4-8019-0112-4 C0176